对不起，我不是故意失控

［日］道木美晴 著
刘牧原 译

北京联合出版公司

序言

我在十六岁那年确诊厌食症,后来又经历了贪食症的困扰。写下这本书,是想记录这十二年间我承受的痛苦,以及我从何处寻得生存的希望。

本书的目的在于<u>揭示进食障碍患者与普通人之间的**偏差**</u>。

进食障碍是一种疾病,简单来说,就是饮食行为出现了问题。患者即使已经瘦得不成样子,却依然不愿意进食。周围的人往往误以为这只是因为身体不适或心情不好才导致的食欲不振。大家很容易想象一个人"情绪低落,所以不想吃东西",倾向于用自己的常识来解读进食障碍的症状。

然而,我认为进食障碍患者与普通人之间存在着根本性的认知**偏差**。<u>**对于进食障碍患者而言,进食有着全然不同的感受和意义。**</u>

于我而言,吃饭是一种恐惧。只要吃下一点点食物,便会听到身体里的另一个自己在喋喋低语"你会长胖的",然后身体就止不住地颤抖。随着症状越来越严重,我甚至对食物本身产生了恐惧,只要看到妈妈准备的食物,就会惊慌失措地大叫。

事情为何会演变成这般光景?各位读者若不站在我的立场,恐怕难以理解这种偏差。为此,我努力深挖自己当时的感受和价值观,将其详细描述出来,期望与大家一同重温我的经历。

我写下这些经历,并非想要博得感动或同情,而是想通过本书改变一些现状。

希望没有进食障碍的人能够意识到这种认知偏差的存在,倾听患者的声音。抛弃由自己的经验和感觉交织而成的成见,去倾听那些以前从未注意的话语。不需要完全理解,也不必提出什么建议,只需要用心倾听就好。

我也希望受尽进食障碍之苦的人,可以彼此对照经历,以此为契机探寻自己的本心。

能将你从进食障碍的泥潭中拯救出来的,只有你自己。进食障碍的痛苦根源在于自己心中的偏见。这可能是社会打上的烙印,可能是周围人不经意的态度所致,也可能是自己

<u>潜意识里的信念。</u>

<u>想要从泥潭中抽身而出，就必须客观地重新审视自己的内心。</u>这个过程令人畏惧。我深有体会。直面自己，会回想起过去痛苦的心情，那种恐惧令我终生难忘。

但是，恐惧的另一边是泪流满面的自己。倘若能够凝视那个瑟缩在地上的身影，必定会有所收获。

我的经历只是个案，可能与你的经历有诸多不同，也可能有读者会对我的观点心生反感。但我认为，这样的心理活动正是了解自己的重要线索。共鸣固然让人感到温暖和愉悦，但它的力量会冲淡许多细微的差异。而反感之中，恰恰潜藏着痛苦的根源和问题的关键。

过去，我会用愚蠢而偏激的观点折磨自己。我无法向父母敞开心扉，时常被烦恼包围。这本书中提到的所有人物，包括我自己，都曾经历过不少迷茫，陷入不少误区。

书中所写的故事既不奇怪，也不是什么悲剧，就如路旁散落的石子一般稀松平常，但那些日子对我来说却无比重要。我希望书中的文字能给各位带来一丝慰藉，哪怕只有一句话打动你也好。

最后，我想对所有关心过我的人说一声：祝你们幸福。

目录

第1章 厌食期（35 kg～32.2 kg）

确诊之日   3

开始时的一切   7

脑海中"我"的声音   11

离死亡最近的地方   26

住在白盒子里的人   29

专栏｜关于厌食症   39

第2章 住院前半期（32.2 kg～）

住院生活开始   45

迈出一小步   53

神明发话   59

送一束无与伦比的花   70

吃饭是开心的事吗？   78

专栏｜低营养、低体重的影响（身体方面）   87

第3章 住院后半期（33.2 kg～31.4 kg）

第一次外出   91

来到这里的原因   98

救世主   106

吃饭就是活着   113

	走出大门的日子	127
	专栏｜厌食症的典型行为	136

第4章　贪食期（28.4 kg～56 kg）

饥饿与饱腹	141
暴食	155
变丑陋的身体	166
不能说的秘密	173
不要嘲笑我	180
三年的结局	186
专栏｜关于贪食症	191

第5章　恢复期

新生活	199
空白的意义	208
依旧被疾病掌控	214
克服的定义	222
一切的开端	237
填满我心的东西	246
专栏｜如何克服进食障碍	256

后记　259

第1章

厌食期
35 kg ~ 32.2 kg

确诊之日

故事始于一通电话。

那是在我高一的夏天,班主任给我妈妈打来的。

"我想与您谈谈美晴的事。明天放学后,请您来学校一趟吧。"

次日,我和妈妈来到了班主任的办公室。班主任坐在桌子对面,表情显得有些凝重。

<u>"美晴从四月份到现在已经瘦了十公斤了。"</u>

班主任递过来的纸上,赫然印着学校定期体检的结果。我身高一米五三,四月时体重还有 45.7 公斤,到九月就只有 35 公斤了。

"如果她的体重继续下降,就不能来上学了。您应该赶紧给孩子增重。如果她吃不下饭不是出于身体原因,那可能是得了某种心理疾病,最好考虑接受心理治疗。"

这对我而言犹如晴天霹雳。因为家里没有一个人,甚至连我自己都完全没有注意到,我已经瘦成这副模样了。

几天后,妈妈带我去了市里的神经内科。我们等了几十分钟才进去,诊室里坐着一位看起来年近四十的瘦削女医生,她那上挑的眉毛和齐整的黑发散发出一种不易亲近的气场。医生头也不抬地看着病历,指了指她对面的椅子说:"道木同学,请坐。"

我告诉她我只是因为减肥才瘦了一些,身体没有任何不适,只是周围的人反应过度。她听罢轻轻点头,问了几个问题。我回答的过程中发现医生始终盯着病历本,没有抬头瞧我一眼。

问诊结束后,医生让我称体重。我很不愿意在别人面前称体重,但在医生的催促下,我还是站上了体重秤。称完后,我又坐回椅子上。医生看着妈妈的脸说:"道木同学得了**进食障碍**[1]。"

她又补充道:"如果体重继续下降,会危及生命。"

那一刻起,我的身心都有了新名字。

一种名为"进食障碍"的病症。

在那之前,我从未听说过"进食障碍"这个词,所以无法理解医生为何会露出那么可怕的表情。站在我身后的妈妈一言不发。

我得的似乎是进食障碍中的"**厌食症**",这种病会让人厌

---

[1] 进食障碍包括多个病种,本书只讨论厌食症和贪食症。(全书注释除特殊标明外,皆为作者注。)

恶进食并日渐消瘦。医生还说了很多，但留在我脑海里的只剩下这些模糊的内容。

付完诊疗费走出医院时，天色已经暗了下来。我和妈妈默默地坐上车。在回家的路上，妈妈以低不可闻的声音自语道："怎么会瘦成这样呢……"

我本想反驳"哪里瘦了"，但觉得麻烦，于是选择沉默。我转而找到了新的乐趣，用目光追随车道上闪烁的车灯。偶尔闭上眼，依然能感受到黑暗中那些刺眼的光点从眼前一闪而过。

到家时正好是晚餐时分。我们一家六口人，有爷爷奶奶、爸妈、姐姐和我。晚上通常是一家人围在桌前一起用餐，但是姐姐在备战高考，要上补习班，经常不在家吃饭。今天的晚餐也还是只有五个人。

说完"我开动了"，妈妈便从大盘子里夹起一块生姜烧，放到我的小盘子里。

"好好吃饭。"

<u>看到盘子上的食物时，我心中的怒火瞬间升腾而起</u>："凭什么要由你来规定我吃什么？我不要这样！"

我大声吼叫着，用拳头猛捶桌子，旁边的筷子被震落到地上。这突如其来的怒火，让餐桌上的所有人噤若寒蝉，时间仿佛凝固了。妈妈瞪大双眼看着我，我的内心波涛汹涌，

身体也不由自主地颤抖着，只能大口大口地喘着粗气。

血液一瞬间沸腾，变得滚烫无比，情绪更是一发不可收拾。我对着眼前的食物，也对着逼迫我吃这些食物的妈妈宣泄情绪。原本朦胧微妙的情绪，突然间变得极为鲜明，甚至令身体感到疼痛。

"……吃了对你身体好。"

短暂的沉默过后，妈妈喃喃地说道。静止的时间又开始缓缓流动，但依旧沉重无比。我低着头，默默等待心中的波澜自行平息。

突然，一股浓烈的气味扑鼻而来，我抬起头，看到妈妈夹到我盘里的生姜烧。煎过的肉片表面泛着油光，一条条起伏的肉筋让人不寒而栗。

<u>这是什么东西，真恶心。</u>

我捂着嘴，突然有种异样的感觉。<u>我看到食物完全不会觉得美味。这种从身体里涌出的厌恶感是怎么回事？</u>

我，依然是我。但是我隐约察觉到，我的身体里或许已经发生了某种巨大的变化。

开始时的一切

<u>我是从初三那年的夏天开始减肥的。</u>

减肥的缘由微不足道,大概是暑假的贪食,让我的体重从45公斤攀升至48公斤。这其实是正常的体重,但是与我身高相近的姐姐只有42公斤,对比之下,我觉得自己胖得离谱。

至少,要回到曾经的体重吧。于是我戒掉了零食,晚餐也尽量少吃。家里餐桌上的菜肴都装在一个大盘子里,每个人按需自取。我只是每次默默减少夹菜的量,家人也就没能察觉到我在减肥。<u>起初,每到半夜肚子就咕咕作响,感觉很难受。但我就是这样的人,一旦下定决心,便会义无反顾。渐渐地,我习惯了挨饿。</u>

为了管理身材,我每天都会称体重。体重秤放在浴室的更衣架下面,我习惯洗完澡后赤裸着身子站上去。体重减轻让我欢呼雀跃,体重增加则让我郁闷不已,如果是后者,我会告诫自己"明天少吃一点就好",以此寻求一丝心安。

努力终有回报。过了三周左右,我的体重减得比预期还多。瘦下来的感觉真好，我可以穿上姐姐的衣服，不再担心腰围的问题，曾经因怕别人看到粗腿而不敢穿的裙子，如今也能自信地穿上了。<u>与挨饿的压力相比，体重减轻带来的喜悦更为强烈。</u>

我还想更瘦。但临近中考的忙碌让减肥大业暂且搁置。升入高中后，我再次开启减肥计划，这次不仅晚餐吃得少，午餐也少于初中时学校提供的餐量，比如一顿只吃一个饭团，或一个甜面包加沙拉。

体重在降至43公斤左右时便不再下降了。偶尔不吃午餐也收效甚微。为了继续瘦下去，需要更严苛的减肥策略。我在图书馆查找与食品相关的书籍，发现了一本记录着各类食物卡路里的书，从生鲜的蔬菜水果，到汉堡肉等加工食品，一应俱全。之前在学校劳技课上了解过卡路里，但从未想过不同食物的卡路里竟有这么大的差异。以前我选择食物的标准比较模糊，只知道个吃油炸食品，今后应该更加慎重地选择食物才对。

从那以后，<u>我开始计算餐桌上每道菜的大致卡路里，选择低卡路里的食物。</u>用油烹饪的食物卡路里较高，碳水化合物也容易让人发胖。我综合书中的碎片化知识，判断什么该吃什么不该吃。我原本就对油炸食品不感兴趣，也不喜欢吃肉，所以不吃也不觉得痛苦。面包、米饭、面食、甜点等碳水化合物是我的最爱，现在只作为奖励偶尔吃一次。

可晚餐的米饭都是妈妈准备的，我不能自己减量。而且妈妈盛米饭时总是把碗塞得满满的。即便我要求她少盛一些，她盛的依然很多。每次开饭后，我便立刻起身，把碗里大半的米饭倒回电饭锅里。看到我的行为，妈妈会不高兴地唠叨几句。而我很固执，坚决不加饭。我与妈妈的攻防战持续了一段时间，后来她放弃了，不再多说什么。

虽然我把米饭减少了，但会假装夹菜吃，这样家人并没有注意到我减少了食量。我就靠这种方法控制食物的种类和量，体重轻易降到了 42 公斤以下。

借助卡路里这一标准，我得以更高效地减肥。掌控自己身体的感觉太美妙了。摄取的卡路里越低就越瘦，这简单的机制让我感到无比安心。

最初，我关注卡路里是为了区分日常饮食中哪些食物容易让人发胖。然而，随着时间的推移，只要不知道食物的卡路里，我就无法安心。

之前我以每道菜为单位计算卡路里，后来计算得越来越精细，精确到每一种食材和调料。为了更准确地掌握卡路里，我只选择印有营养成分表的食物。妈妈做的菜和朋友亲手做的点心卡路里含量都不明确，尽量不吃。

不知从何时起，我不再吃碳水化合物来犒劳自己。喜欢的饮料也一律不喝了，换成零卡路里的饮料和茶。

为了增加卡路里消耗，我还开始了运动。我的运动天赋不强，本不喜欢上体育课，但自从开始减肥，<u>运动的痛苦被体内卡路里降低的快乐所取代</u>。

虽然开始减肥之后很多东西都不能吃了，但我没有任何抱怨。<u>今天的体重比昨天的低——这比什么都令我兴奋。</u>

高一那年九月，我的体重降到了35公斤，被诊断厌食症，每周还得去看一次医生。我对此并不认可。

大人们对35公斤的体重忧心忡忡，<u>但是如今我的同学也好，电视上的明星也罢，大家都在减肥。</u>我不知道自己和那些人有什么不同。我只是和大家一样减少了食量。

实际上，<u>当我照镜子审视自己的身体时，我从来没有觉得自己瘦过。</u>虽然我的身材比以前好多了，但学校里有很多身材更好的同学，她们的腿更纤细，胳膊更白皙漂亮，脸蛋也更清秀。看到那些同学，我越发觉得自己的身体粗壮丑陋。

<u>所以，我应该再瘦一点。</u>

脑海中"我"的声音

医生在第二次检查时对妈妈说:"每餐让她吃一百克米饭和鸡蛋等富含蛋白质的食物,还有蔬菜和汤。这样能确保她摄入的营养不低于最低限度。尽量让孩子多吃点。关键是要保证体重不再继续下降。"

医生只给出了基础标准,是考虑到我根本吃不下一顿完整的饭。无论家里做了怎样的饭菜,能多吃一点就多吃一点,这是她给我设定的目标[1]。

家里的早餐和晚餐都按照这个标准准备,而午餐是我自己买饭团[2]吃。

那天的晚餐是米饭、煮鸡蛋、味噌汤和炖黄豆。家里其他人开始动筷后,我仍然盯着饭菜,一动不动,家人不时地向我投来目光。

自从确诊了进食障碍,每天的饮食都变成了治疗。我吃

---

[1] 根据日本厚生劳动省发布的数据,正常上学、保持轻度体育运动的十六岁女性,每天需要均衡摄入脂质和碳水化合物,从中获取两千三百千卡的热量。
[2] 多数时候我会选择卡路里较低的梅干饭团(不到一百七十千卡)。

<u>什么、吃多少，都成了家人监视的对象。</u>医生说，如果体重再降下去会有生命危险，家人意识到了事态的严重性，想方设法增加我的饭量。

"快吃吧，一会儿就凉了。"妈妈说。

我捧起味噌汤，小心翼翼地凑近嘴唇。微微倾斜汤碗，温热的汤流入口中。

<u>"吃下去会长胖的。"</u>

有个声音在小声地说。

我无视那声音，喝了一口味噌汤。接着用筷子夹起一粒黄豆，放入口中慢慢咀嚼。妈妈炖的黄豆口味很重，砂糖和酱油从豆子里渗出来，缓缓滑入喉咙深处。我放下筷子，再次盯着饭菜出神。爸爸已经吃饱了，开口道："只吃这么一点没问题吗？不好好吃饭怎么能好起来？"

"美晴，你得吃啊。"这次是奶奶发话了。坐在奶奶旁边的爷爷没有接话。爷爷是个比较注重自由的人，他自顾自地吃着。

每次吃饭，我都得背负着努力吃饭的义务，以及家人希望我多吃点的期待。但那是因为家人们担心我。他们的心愿仅此而已。我很清楚。我都明白。

我再次拿起筷子，又将一颗黄豆送入口中。

"可以吃吗？"那声音又响起来了。啊，这简直是地狱。

<u>最近，每当我吃东西时，脑海里就会传出那个声音。</u>那个与我如出一辙的声音小声说着"吃了会胖的"，还擅自问我吃的东西有多少卡路里。一听到那个声音，我就害怕得全身发抖，心脏附近变得异常沉重，陷入不安的旋涡。这种折磨一直持续到饭后，久久无法消散，仿佛聚堆觅食的苍蝇围着我嗡嗡乱叫，吵得要命。

<u>我一直以为只要我愿意，什么都能吃下去</u>，减肥和控制卡路里摄入都是我自己的选择，我能及时踩下刹车。可是现在，我好像吃不下去了。我的身体明显表现出对生姜烧的厌恶，而且这感觉似乎不受我控制。

就在几天前，<u>我还觉得坚持减肥是个正确的选择，为此沾沾自喜</u>。看到35公斤这个数值时，心中也只有喜悦。但周围人的反应完全出乎我的意料。他们认为这个体重不对劲、不正常。我一直以来所做的坚持，在他们看来似乎都是我的脑子出了问题。我很难过，感觉自己的一切都被否定了。但是既然大人们都这么说，他们肯定是正确的吧。只要我不顶嘴，强忍着吃下去就皆大欢喜了。

为了不被脑海中回荡的声音迷惑，我反复告诉自己：没事的。我没事，我可以。吃下去也没关系。

我下定决心，拿起饭碗，把筷子插进米饭里，挑起一筷子放进嘴里。可这连十粒米都不到的白色物体进入口中的瞬间,我浑身汗毛直竖。

"……刚才这些有多少卡路里?"

脑海中再次响起了那个声音。

* * *

我去医院,主要是为了接受心理咨询。当我回答医生关于小时候的回忆和家庭关系的问题时,她总是低头看着病历。每次就诊都要称体重,这也让我感到厌烦。我讨厌看到医生和妈妈对体重数值的失望。<u>我总是想方设法掩饰自己的真实体重,哪怕只是几十克的差距。我会把订书机、剪刀、手机等比较重的物品藏进校服的口袋里,再站到体重秤上。</u>

在医生的建议下,我还在心身医学科接受了罗夏墨迹测验[1]和树木画测验[2]等心理测试。医生问我各种各样的问题,比如卡片上印的墨迹看起来像什么,看到图片想到了什么,等等。

在心身医学科,我依然要讲述自己童年和家庭的故事。许多不认识的人都想窥探我的身体数据和内心深处,这让我

---

[1] 通过向被试者呈现卡片上印刷的墨迹,让被试者说出所看到的东西,从而分析被试者下意识的思考方式和性格倾向等。
[2] 让被试者在纸上画一棵果树,根据果树的大小和形状,分析被试者下意识的心理状态等。

感到非常不舒服。他们到底想从我身上看到什么呢？他们是想把看到的东西写进病历，就像做数学证明题一样，证明我是个怪人吗？

我还在读高中，却要经常去医院问诊、做检查，这导致我早退缺课，学习时间被挤占。就读的高中注重升学率，同学们都非常聪明，我的校内排名不是很理想，为此非常焦虑，生怕与同学们的差距进一步拉大。

为了弥补学习进度的落后，放学后和休息日我都泡在图书馆的自习室里学习。学累了，就去图书馆的烹饪区看书。那些烹饪书上有很多食物的照片：冰激凌、蛋糕、面包……这些都是我非常喜欢但不会去碰的东西。不能去图书馆的时候，我就把家里收到的传单上的食物照片收集起来，躲在自己的房间里看。

<u>光是看着图片上那些五颜六色、软乎乎、热腾腾的食物，我就感到莫名的幸福。可以一连看上几个小时。</u>但实际上我并不想吃那些东西。这就像凝视遥远秘境之地的照片一样，正因为它们是遥不可及的憧憬，才更觉得美丽。

* * *

十月上旬，我的体重降到了 34.6 公斤。在我看来，这才减了零点四公斤，但大人们的看法似乎不一样。医生建议我做了血液检查和 CT[1] 等健康检查。

爸爸和奶奶的唠叨比以前有过之无不及，总劝我"多吃点"。妈妈也换着各种各样的说法催我吃饭，"还有这道菜""这个也很好吃哦"。

听到这些话，<u>强烈的愤怒从我的脑海中喷涌而出</u>。这种打着为我好的旗号，实则轻率的行为让我难以忍受。<u>他们难道想让我主动吃更多的东西吗？我甚至生出了一股憎恨</u>。我瞪着说话的几人，用拳头捶桌子，大喊"我不是在吃吗？！"，像个小孩子乱发脾气。

一旦情绪过度兴奋，脑袋就变得昏昏沉沉的，什么也思考不了。我感觉从肺部到食道一带被烫伤了，烧焦了，堵塞了。后来常常是盘子里的菜只动了一两口，我就起身离席说"吃饱了"。

本来我的饭量就达不到医生设定的标准，如今吃得更少了。

---

[1] 一种使用 X 光对人体进行层析扫描的医学检查。

越是听大人的话乖乖吃饭，脑海中"我"的声音就越大，大到无法忽视。最近连不吃饭的时候也能偶尔听到。那声音似乎乐此不疲地折磨着我。每次饭后，她都会不依不饶地纠缠，连我吃了汤里的什么食材、吃了几口都要责问。

　　光问吃完的东西还不够，还要问接下来要吃的东西。"我"总是提出各种各样的假设："假设晚餐有油炸食品呢？""假设朋友给你推荐零食呢？"而我最害怕的假设是："假设有人逼你吃东西呢？"明明这种假设不可能发生，但听她问完，好像下一秒就应验了似的。我总觉得家人、班主任、医生甚至朋友们都在虎视眈眈，他们都想伺机逼我吃东西。无论何时何地，我都无法安心。

　　只有在按照"我"的吩咐减少卡路里摄入时，"我"才会安静下来。无论我做什么，她都会在我耳边低语，说"长胖"有多可怕。情况一天比一天严重，我被逼得走投无路。我不想再听到这样的声音了——所以我决定顺从。

　　为了增加卡路里消耗，我只要有空就不停地运动。本来不擅长体育，现在却比谁都热衷于体育。我想创造更多可以运动的场景，于是学习和看书的时候也选择站起来。站着写字和读书并不容易，但一想到学习期间也能减肥[1]，我就觉得赚了。

久而久之，<u>只要一坐在椅子上，我就产生必须动起来的念头</u>。我坐立难安，甚至在自己的房间里都不能安心坐下。

只要摄入了卡路里，哪怕只有一千卡，我都必须努力消耗掉，否则就觉得自己罪孽深重。只有听从"不要休息"的声音活动起来，我才能稍稍从罪恶感中解放。<u>白天好几个小时都不允许自己坐下，我的腿总是肿得梆硬，疼痛不已。</u>

越是约束自己的行为，越容易分毫必争。<u>"油＝卡路里"</u>这个公式在我的脑海中根深蒂固，<u>看到用油炒的菜时，必须拿厨房用纸把油星全部吸干净才放心。</u>吃菜的时候，我也会用筷子把盘子里的食物切分成小块，一点点地送进嘴里。

体重极度下降，我的身体发生了各种异变。每天都很疲惫，身体沉重，换教室上课时从二楼爬到三楼都气喘吁吁。我想迈上台阶，但腿太过沉重，抬得不够高，有好几次脚尖撞到了台阶的侧面，差点摔倒。

跑步的时候也有违和感。我刚开始减肥的时候，感觉身体轻盈，能轻松跳跃，脚轻轻蹬地就能推着身体前进。但是

---

[1] 这是过量活动的表现之一。患者已经十分消瘦，却还经常动来动去，比如锻炼肌肉、站着看书等。

最近，我迈出的脚接触到地面时，全身都受到冲击。咚咚咚的，就好像把棍子插进地里一样，简直就像踩着高跷在奔跑。

<u>奇怪，我明明比以前瘦了，为什么身体还是这么沉重？为什么动不起来呢？</u>

这些细小的疑问，刚刚浮现出来便转瞬即逝。

我没发现是因为太瘦了才这样，反而以为是自己太胖了，身体才这么不灵活。

高中毕业几年后，我曾向高中朋友问起我当时的样子，才得知那时的我瘦得吓人：脸颊凹陷，手脚也细得像小树枝一样，仿佛一折就会断。然而当时的我浑然不觉。

* * *

十一月，我的体重依然维持在 34 公斤左右。学校为了让我专心增重，勒令我<u>在体重达到 37 公斤之前不得参加社团活动，也不能上体育课</u>。我被这突然的决定吓了一跳，向妈妈抗议，希望学校不要这样做。

"你现在是病人，跟一般人不一样。等你身体康复了再参加那些活动不就好了吗？"妈妈温柔地回答我，没有接受我的请求。

我所在的文化传媒社团是曾参加过全国大赛的强队。以前参观高中时,我得知了这个社团,对它心生向往,最终如愿加入。社团活动要求严格,我拼命地跟上进度,通过和同学们不断尝试,终于开始体验到社团活动的乐趣。

我不喜欢运动,但是饮食已经受到了管控,运动便成了我的一条退路。

妈妈和学校的老师什么都不懂。减肥、运动、社团活动——大人们剥夺的这些东西,对我来说都非常重要。我所做的事,在别人看来或许很奇怪,也没有取得什么优秀的成绩。我不是一个特别的人,但是至少给我一点努力的机会吧。为什么每个人都来妨碍我?如果不努力,我就不再是我,我就没有活下去的意义。

我开始专注于学习,这是剩下的唯一可做的事。我每天上学,一节课不落。在去医院的路上和候诊室里,我总是参考书不离手,在家甚至牺牲睡眠时间来学习。

周围的人看到我的体形和体重数值都给出了同样的建议:"现在不是该学习的时候,你最好向学校请假,在家静养。"即便如此,我也没有停止学习。<u>只有在学习的时候,我才能忘记饮食和卡路里,只做不断努力的自己。</u>

为了获得他人的认可,我摆出一副很精神的样子。我从不在朋友面前示弱,坚持说"我很好"。

对我来说,数学公式和英语单词是什么意思已经无关紧要了。我只是想用文字塞满因为无法进食而变得空虚的身体，填满自己的内心。

但在将身心填满的错觉背后，还隐藏着一种残缺的感觉。不管我往里面填充多少东西，最后都扑簌簌地撒落一地。慢慢地，我跟不上大家前进的速度了，和朋友之间的齿轮逐渐错位，似乎一切已经无可挽回。

朋友们都忙于学习、社团活动、人际关系，可能偶尔有烦恼，但总体顺利前进。而我却像身处泥沼一样，越挣扎陷得越深。

* * *

自从社团活动和体育课被叫停后，家里餐桌上的气氛变得异常糟糕。

再也没有人对我说"快吃"了。或者说，我让他们开不了口。我一到吃饭的时间就焦躁，会大声喊叫，拍打桌子对盘子发泄怒火。

渐渐地，只要有人看着我吃东西，我就会失控。坐在一旁吃饭的妈妈看了我一眼，我就怒吼："别看我！""什么都别说！"家人不知道该如何面对这样的我，只能无奈地选择沉默。

这段时期，我经常挂在嘴边的话是："不要再刺激我了！"

我的脑海里总是充斥着无数个声音。那不是轻声细语，倒像是有好几个"我"在同时说话。一旦我要吃某个东西，大脑就会开始计算卡路里，吃进嘴里的所有东西都成了数字。我将这些数字逐个输入身体，不断累积。十千卡、一百千卡……卡路里不断增加，体重也成正比上升。天啊，脑海里响起那个声音："你会长胖的！会长胖的！"

即使在没吃饭的时候，那声音也不消停，一直指责我"快减肥""快减肥"，于是我根本无法停止消耗卡路里，连休息和睡觉的时间都只能压缩到最短。脑子里一天到晚都是这个声音，头痛欲裂。

我知道家人很担心我，也理解医生为了我的身体考虑让我多吃点。那些也许是对我的担心，是关爱，或是同情，但对我来说不过是种噪声。想减肥之类的理由已经从我心中消失了。我只想去一个听不到任何声音的地方，仅此而已。

我一发起脾气来就不吃饭了，躲进自己的房间。抱着膝盖，等待大脑中的声音平息下去，想象着家人追着我来到房间的场面。明明是我自己拒绝了家人的关心，但我却期盼更多，一直盼着有人能靠在蜷缩的我身边，问问我为什么这么痛苦。

可是，房间的门一次也没有打开。我的情绪没有任何意义。只要我愿意吃饭，这件事就会以他们简单的一句"太好了太好了"而草草结束。

后来，我睡着了，做了一个关于食物的梦。梦中我吃了初中时经常和朋友一起吃的冰激凌，吃得肚子圆鼓鼓的。在梦里，各种颜色的冰激凌堆积如山，我一根接一根地吃着。那时的我，胸口感到无比温暖，露出了笑容。光是做梦就已经很满足了，我不需要现实中的食物。

有一次就诊时，医生给我开了安眠药。她说："吃下这个药后尽量不要学习，早点睡觉。"恐怕比起精神上的关怀，她更看重保存我的体力吧。我取了药，但是没有吃。

<u>我有很多必须要做的事情。放下一切去睡觉实在太可怕了。</u>在这种恐惧面前，没有人能阻止我。

心理和身体越是濒临崩溃，我越用各种规矩束缚自己。我感觉必须用结实的绳索把身体、手脚牢牢捆住，否则无法站直。那绳索是我作为普通人存在的必要条件。

继续减肥、一直站着不能坐下、体谅家人的心情好好吃饭、相信那些让我吃饭的人、去上学、努力学习跟上同学、不让朋友担心而假装平静、在别人前面称体重、不管别人说什么都开朗地回答"好的"、去医院被很多人盘问也不能露出厌恶的表情、听取医生和周围人的建议……我自己给自己定的规矩，还有别人施加给我的想法，都让我痛苦。可是哪个也不能舍弃。

捆在我身上的规矩太多太多，接下来能继续系绳索的位置，就只剩脖子了。

几天后，医生打来了电话。

"我以前诊治过的一位患者，在瘦到与美晴体重相同的时候晕倒了。我已经帮不了她了。介绍一家治疗进食障碍的精神科医院[1]，带孩子去那里住院治疗吧。"

家人和医生解决不了我的问题。我从妈妈那里听说医生的话时，没有一丝惊讶。果然不出我所料。那个医生叫我名字的时候，只会盯着病历看，根本不值得信任。

妈妈问我："你想住院吗？"我点了点头。因为我觉得妈妈希望如此。

住院就不能上学了，当然也不能上课，学习进度会进一步落后吧。进了医院可能会有人强迫我吃饭，不让我离开病房，肯定也不能运动了。

之前拼命守护的东西，已经分崩离析。一切都结束了。

---

[1] 进食障碍的治疗主要由心身医学科、精神科、内科负责。儿童病患也可能由儿科、儿童精神科治疗。进食障碍的治疗涉及身、心两方面，所以需要充分调查哪个科室更适合自己。

学习也好,回应别人的期待也好,生命也好,都已经无所谓了……

从那天起,我失去了所有的动力。

离死亡最近的地方

医生介绍的那家精神科医院已满员,在等待床位空出期间,我在家中待了大约一周。大人不允许我去学校,我只能整天待在自己的房间里。

<u>自从决定住院后,我越发吃不下饭了。唯一能自发摄入的,只有不含卡路里的水。</u>但我不敢让自己的体重增加哪怕一克,所以连水也只喝最低限度。

或许此刻,我正身处人生中离死亡最近的地方。

记忆变得模糊,时间轴已然扭曲。我只能断断续续地回忆起一些画面。记忆中的我,总是坐在火炉前,抱着膝盖,呆呆地盯着自己的脚趾,不知不觉间从清晨到了黑夜。在我的脑海中,有时候一小时只有一秒钟那么短,有时候一分钟足有一整天那么长。

极度消瘦、体力下降的身体没有任何感觉。没有什么力量能打动我的心。肚子不饿,不知冷热,也感觉不到快乐、悲伤和寂寞。

我在连颜色都看不到的灰暗房间里苟延残喘。

只有一件事触动了我的情绪。还是与食物有关的。每天早上,妈妈都会来到我的房间,直直地看着我的脸说:"……算妈妈求你了,把这个吃了吧。"

说罢,妈妈把一根能量棒[1]放在桌子上,然后就去上班了。

我呆呆地看着桌上的那东西。原本冰冷彻骨的心一下子变得滚烫。我讨厌食物。它们都是想害我变胖的危险物品,邪恶至极。光是看着就觉得恶心。啊!我想现在立刻、马上扔掉它,破坏它,把它捏烂,永远不让它进入我的视线!

冲动之下,我正要抓起那东西,妈妈的声音突然复苏。早上妈妈把那东西递给我时,她的脸被无边的黑暗笼罩,脸色黯淡。她的声音里充满了恳求,那是对我的恳求。她的声音里似乎还带着悲伤的波动。我感受不到它的意义,我不懂,却又无法坐视不管。

空虚——

---

[1] 一根能量棒含有一百二十至一百五十千卡。

时间再次流转,我将冰冷的目光投向那东西。我将它拿在手里,隔着袋子捏了个稀巴烂。反复几次之后,那东西变成了连形状都难以辨认的物体。

这已经不是食物了。

我打开袋子,用手指捏起一点点含在嘴里。那一瞬间,心中充满了进食的悔意。我好害怕,身体开始颤抖。会胖的,真恶心,好想逃,我的脑海中回荡着无数的声音。尽管如此,我还是一点一点地把那东西往嘴里送。

眼泪就这样流下来。那是对吃东西的恐惧,以及对妈妈殷殷关切的罪恶感。我觉得自己像没有理性的野生动物一样猎取食物,这模样已经不像正常的人类了,我只感到悲伤。

住在白盒子里的人

十一月下旬,我得知要正式住院了。在家等床位期间,父母看到我不吃饭,生怕我真的会死掉。他们好像还带我打了两次点滴,我记不清了。

"去医院吧。"

我在房间里抱着膝盖,妈妈来叫我。走出玄关,爸爸的本田步威车停在院子里。妈妈拉开侧滑门,让我坐在后排。我左脚踩在车子的踏板上,使劲想坐进去,却无法顺利带动身体。我改而握住车内入口旁边的辅助把手,支撑着身体好不容易探进了车里,顺势咚的一下坐在后排座位上。

我把身体靠在椅背上,调整略显急促的呼吸。妈妈把一个大运动背包放在后座左侧的空位上,包里装着住院用的衣物和必需品。爸爸坐进驾驶座,妈妈坐在副驾驶座,车子发动了。

妈妈回头看向后排的我。还好吗?嗯。不晕车吧?嗯。要不要喝点水?不要。……

问答之间,我一直盯着车顶空调出风口的扇叶。扇叶不时左右摆动，暖风吹拂着我的脸。妈妈发现我心不在焉，便不再搭话了。

要去的那家医院，从家里开车过去要花一个半小时。向窗外望去，可以从快速后退的隔音板的缝隙间看到大海。透过贴膜玻璃，水面也像蒙着一层灰色的膜，昏沉沉的，像有生物在水面上蠕动。

我的目光追着水面，以坐着的地方为支点，贴着椅背慢慢向左侧挪动身体。不一会儿，我的身体脱离了椅背，脑袋在黑色运动背包上"着陆"了。半张脸被背包里衣服和毛巾的柔软触感包裹。全身就像被压上了重物一样无力。顺着那股重力，我闭上眼睛，逐渐感觉不到周围世界的存在。

在妈妈的呼唤中睁开眼睛时，车子已悄然停下。看来是到医院了。我慢吞吞地起身下了车。站在停车场仰望医院大楼，楼体是纯白色的，比之前去的那家医院大得多。进入医院正门，人潮涌动。我低着头，不去看任何人，跟在父母身后。

看病前要先进行健康检查，我测了体重，拍了X光片等。

采血时引起了一场小小的骚动。<u>我的血管里抽不出血</u>。在家等床位期间，我连水都是能不喝就不喝，更别说食物了，结果我的血管收缩变细，因此才抽不出血。护士大声对我的父母说"情况很严重"。我坐在折叠椅上，听着护士高亢的声音在医院的天花板上回响。

我坐在诊室前面的长椅上等待叫号。父母和我一句话也没说。我把身体靠在长椅的椅背上,看着诊室的门框上方。时间一分一秒流逝,感觉自己仿佛沉浸在温水中,身体与空气的界限逐渐溶解。若就此闭上眼睛,或许一切都会溶化,不复存在。

"道木同学。"

护士的呼唤声将我的意识拉回。我闪过一丝逃跑的念头,但旋即消失。根本没有逃跑的力气。打开诊室的白色房门,全白的房间里坐着一位年逾四十五的医生。护士引导我坐在简易的椅子上。

"我是你的主治医生,我姓黑田。"

男医生戴着方框眼镜,镜片后面的眼睛一动不动地看着我,映出我的身影。他微微一笑,伸出手说:"你好。"

那一刻,我感受到了"命运"。我想,也许我还有活下去的希望。

那种希望并非由什么幼稚的幸运红线相牵,而是更加切肤的体验,仿佛有透明的血脉遍布我身体,从身体深处喷薄而出,瞬间贯穿全身,乃至指尖。

这几个月来,<u>我坚决拒绝进食,心里也知道身体已无法支撑</u>。尽管如此,我还是不停奔跑,哪怕双腿鲜血淋漓也停不下来。我不知道该如何是好,或许唯有死亡才能让我停下。

但是遇到他之后,确实有什么发生了变化。自确诊进食障碍以来,我第一次设想自己活着的未来。那是幻境也好,转瞬即逝也罢,只要还有能活下去的途径——我就想活下去。

"美晴同学。"

黑田医生在叫我。我很开心。

一切终于结束了。这个人赦免了我,让我无须再奔跑。

我什么也没说,回握住他的手。

离开黑田医生的诊室,我和负责引导的护士一起前往住院部。走了一会儿,护士停下脚步指着我们前进的方向说:"这条通道连接门诊大楼和住院部大楼,从这里开始,门诊患者就不得入内了。"

通道笔直延伸,长约二十米。通道的地板是土黄色的,洒进来的阳光将地板的一部分照得白晃晃的。左墙上的玻璃门敞开着,看样子自然光线便是从那里照进来的。

我沿着通道边走边看向玻璃门外,定在了那里。门外是一条仿佛直达地平线的道路。石砖铺就的道路周围充满自然气息。围着杜鹃花的篱笆外侧种着高大的树木,葱郁之间夹杂着红黄相间的枫叶。广阔的天空万里无云,阳光洒照,给树叶镶上一圈淡淡的金边。

护士注意到我停下脚步，走到我身边说："我们医院的院子很漂亮，等你身体好了，可以去散散步。"

会有那么一天吗？要是能有就好了。

"住院部分为北楼和南楼。根据患者的年龄和症状阶段，各分成三个部分，住在不同的区域。初中生及年龄更小的患者都住儿童病房，你是高中生，所以和成年病患一起住在北楼的三层。"

我们乘电梯上到三楼，沿着宽阔的走廊前进，途中被一道白色的墙壁拦住。仔细一看，那并不是墙壁，中间设有一道对开门。门非常大，完全打开大概可供五个大人并排通过。

"这里只有住院的病人和医护人员可以进去。在这里和你的家属道别吧。"

我抬头看父母的脸，两人都沉默地望着我。面对自己一步步走向死亡的女儿，想必他们也不知道该说些什么。

说实话，此刻虽有了一丝生的希望使我平静下来，但不知何时又会重回绝望的深渊。这几个月来，我深切体会到自己是多么身不由己，那感受真实得令我厌恶。我不知道未来会如何。正因如此，我必须自己立下誓约。

"我在这里，会按要求好好吃饭……我会努力的。"

这是我的枷锁。不是别人强加给我的，而是我自己给自己立下的准则。说出"吃"这个字眼让我害怕得发抖，但这

<u>是现阶段能让自己活下去的最佳方法。</u>妈妈握住我的手,爸爸轻轻摸了摸我的肩膀。

"我们等你,早日康复回家吧。"

触摸我的两只手,很温暖。

我和父母道别后,护士把爸爸交给她的包背在肩上,打开其中一扇门叫我进去。我穿过门,理解了这堵屏障的意义。

这是一道把病人囚起来的门。

* * *

我在玄关处脱下自己的鞋,换上拖鞋,进入住院部。玄关正面有一条铺着木地板的长走廊,走廊两侧有好几扇门。应该是一间间病房吧。离我最近的门上贴着"护士值班室"的牌子。

"护士值班室二十四小时都有人,有什么事可以随时呼叫。"

负责引导的护士说完,带我参观了住院部的盥洗室、浴池、患者一起用餐的食堂等。我曾先入为主地认为精神科医院是封闭的、白色的、只有无机物的地方,然而看到窗户透入的明亮光线,以及室内摆放的木制家具,感觉很有生活气息。这很像我初中时在林间学校[1]住的宿舍。

我的病房在护士值班室的正对面。病房的角落里放着四张床,只有右边靠近我的那张床四面围着床帘,其余的床都裸露着。我被安排在眼前左侧的那张床。每张床都配有床头桌和靠墙的三斗柜。

<u>我这副瘦骨嶙峋的身体,睡普通床垫可能会硌出淤血,因此我的床垫是特制的。</u>床垫表面是一格格正方形的小块,只有身体压住的部分会下沉,睡起来十分舒适,家里的褥子可没法跟这个比。

我正在整理行李时,对面床的帘子突然拉开,一位七十岁左右的白发老奶奶走了出来。

"哎呀,来新人了?"

老奶奶好像是姓红野。我鞠躬行礼"请您多关照",红野奶奶笑着回应"你好呀",她温柔的眼神让我想起了自己的奶奶。

安置好行李后,护士帮我拉上床边的床帘,回到值班室去了。此刻已临近晚餐时间。

---

[1] 日本的中小学在春秋季组织的,师生在林区山地同吃同住并举办活动的一种教学模式。——译者注

护士带我去食堂，里面已经聚集了十几名患者。食堂里摆了五张木桌，患者可以自由选择座位。护士轻轻搂住我的背，在其他患者面前介绍我的名字。我感觉到众多目光的注视，小声说着"请大家多多关照"，注意力却已被身后的东西分散。

我身后停着一辆保温餐车[1]，里面装着患者们的晚餐。我既想摆脱食物的纠缠，又不愿在陌生人面前失态，两种心情相互交织，使我一步也动弹不得。眼前的患者一个接一个地从餐车上取下托盘。若我像在家中那般失去理智，别人会将我视为不愿吃饭的怪人。

我强忍厌恶挪动双腿走到餐车前，取出了带有自己名牌的托盘。跃入眼帘的食物令我强烈不安，视线无法移动。这时，护士走近我，小声说："如果和别人一起吃饭觉得不舒服，可以回到自己的床上吃。很多患者都是这样做的。吃得慢也没关系，从可以接受的菜开始挑战，慢慢来就好了。"

我端起托盘，头也不回地离开食堂，朝自己的床走去。进入帘内，我将托盘放在床头柜上。为了不看见食物，我面朝墙壁，试图平复加速的心跳。冷静，冷静……

调整呼吸后，我重新面向桌子。托盘上的饭菜依旧整齐

---

[1] 医院、社会福利机构等常用来运送食物的保温设备。

摆放，所有食物一目了然。令我惊讶的是，我对吃饭的厌恶和不安并未消散，但那种暴风雨般的冲动已有所减退。

回想起来，<u>在家中面对食物时，我完全被情绪笼罩，或许从未正眼看过食物</u>。我常常心情矛盾，觉得<u>食物本身便是一种恐惧</u>。情绪波动过于剧烈，以至于不记得眼前的食物究竟是什么。

托盘上放着不到半碗米饭和味噌汤，白色圆盘里是炒菜，大约只有一拳的量。我用筷子夹起几粒米饭，仔细观察。米粒是白色的，表面泛着亮光，形状像橄榄球，看上去并不可口。但我必须吃。

把米饭含进嘴里。"我"的声音和恐惧在体内游走。我紧握双手，身体僵硬，想挺过去。没关系的，我的心尚在颤抖，但还不至于迷失自我。

加油，加油，为了改变未来，为了遵守和家人的约定，多吃一粒也好，多吃一口也好。黑田医生和父母的话犹在耳畔，支撑着几欲放下筷子的自己。

那天晚上，我从柜子最下层的抽屉里拿出一本笔记本和铅笔。翻开笔记本厚厚的封面，在第一页的第一行写下今天的日期。

"今天开始写日记……"

<u>在这个地方,吃饭是我生活的全部意义。</u>

专栏｜关于厌食症

序言中提到进食障碍这种病"是饮食行为出现了问题"，但厌食和贪食等行为都只是表面症状，进食障碍其实是一种心理疾病。

人际心理治疗的权威专家水岛广子在其著作《厌食症、贪食症的人际心理治疗》中指出，不论怎么劝诫患者"减肥并不好"，也无法解决他们的进食障碍问题。书中告诉我们更应该关注患者"为什么执着于减肥，甚至不惜牺牲正常的生活和自己的身体健康"。

我也和水岛老师持相同意见。我能够克服进食障碍，<u>与"想减肥"的心情无关</u>。

接下来，在五个章节末的专栏中，我将参考相关文献及亲身体验，剖析进食障碍患者的身体变化和心中所想。

第一章首先介绍厌食症的症状，以及低营养、低体重对精神方面的影响。

厌食症患者的行为与美丑观无关。诱发厌食行为的<u>并不是"想瘦下来变漂亮"的愿望，而是"害怕变胖"的强烈</u>

不安。

患者会陷入抑郁，情绪起伏也变得激烈。刚开始减肥时的成就感和喜悦消失了，心灵被怕胖的不安和恐惧吞噬。

但我不敢让自己的体重增加哪怕一克，所以连水也只喝最低限度。

（本书第26页）

进食障碍患者康复机构"油菜花之家"的创始人小野濑健人在其著作《"厌食心理"与"父母心理"》中这样写道：

进食障碍恶化到一定程度后往往被归纳进精神科的范畴。

患者的受害心理变得非常强烈，对他人产生攻击性。

（小野濑2014，第133页）

这也和我患厌食症时的经历相仿。

我总觉得家人、班主任、医生甚至朋友们都在虎视眈眈，他们都想伺机逼我吃东西。无论何时何地，我都无法安心。

（本书第17页）

有很多被逼得走投无路的患者会出现幻听，听到像书中的"我"一样的声音。

低营养、低体重的影响（精神方面）

克里斯托弗·G.费尔本在其著作《战胜贪食症：贪食症的成因解读与克服计划》中指出，持续的低体重状态会导致大脑萎缩，甚至影响认知和情感功能。患者容易执着于一个想法，很难转换思路、做出决断。<u>患者的注意力都放在食物上，无法集中精力做其他事情，对从前的爱好失去兴趣。</u>

该书还指出，患者愈发表现出强迫症的倾向，行为举止发生变化，对生活中的小事过于执着。

有人对食物的强迫症格外明显，吃饭的时候遵循一套固定仪式，每吃一口饭要数自己嚼了几次，或者从特定的菜品开始吃。

我对卡路里的执念很强烈，减重速度变慢之后，我的饮食方式也发生了变化。

> 看到用油炒的菜时，必须拿厨房用纸把油星全部吸干净才放心。吃菜的时候，我也会用筷子把盘子里的食物切分成小块，一点点地送进嘴里。

（本书第18页）

水岛老师指出，厌食症也会表现出恐怖症的一面。即使最初使患者感到恐惧的原因已经消失，<u>患者还是会条件反射性地感到恐惧，听不进去他人的劝说。</u>

长年从事治疗工作的临床心理治疗师稻沼邦夫先生在其

著作《儿童进食障碍的实证研究》中也指出,厌食症患者想减肥的行为是一种"<u>条件反射</u>"。

我自己也有过类似的经历,虽然不想减肥了,但是把食物送到嘴里的时候手就会颤抖,连勺子都拿不稳。

这里仅列举厌食症的部分症状,希望能帮助各位读者理解患者是如何在精神上被逼入绝境的。他们并不是因为挑食而不吃东西,而是被剥夺了"吃"这个选项,无法吃东西。

参考文献:
《厌食症、贪食症的人际心理治疗》 [日]水岛广子/著
《"厌食心理"与"父母心理"》 [日]小野濑健人/著
《战胜贪食症:贪食症的成因解读与克服计划》[1] [英]克里斯托弗·G.费尔本/著,[日]永田利彦/翻译校对,[日]藤本麻起子、江城望/译
《儿童进食障碍的实证研究》 [日]稻沼邦夫/著

---

[1] 此处采用日文书名直译,后文同。原英文书名是 *Overcoming Binge Eating:the Proven Program to Learn Why You Binge and How You Can Stop——Second Edition*。本书已有中文译本,《战胜暴食的 CBT-E 方法》,陈珏、李雪霓、孔庆梅、乔慧芬 译,上海科学技术出版社,2021。——译者注

第 2 章

住院前半期
32.2 kg～

住院生活开始

入住的精神科医院收治着各类精神障碍患者,如精神分裂症、抑郁症、惊恐障碍、进食障碍等。住院部分为北楼与南楼,两栋楼的一层相连通,设有小卖部、理发店、咖啡店,可供患者使用。

医院里有个很大的庭院。住院部的入口开放时,患者们可以走出大楼,在院子里散步。庭院中植物繁多,四季都有美丽的鲜花绽放。院内还有运动场,方便大家活动身体。此外还有为日间心理疗愈开设的温室以及园艺、陶艺场地等。

我的病房位于北楼的三层,大家叫它"北三病区"。北三病区算是介于封闭式病区[1]与开放式病区的中间地带。北三病区入口处的对开门——我称之为"把病人囚起来的门"——每天早六点至晚七点开放,只有医护人员和北三病区的患者可以自由出入。

---

[1] 出入口通常上锁封闭的病区,须经医护人员同意才能解锁,患者和探视人员不能随意出入。封闭式病区收治逃避治疗的病人,以及在开放式病区里难以开展有效治疗的病人。

北三病区约有四十间病房，其中六间是四人间，其余的都是单人病房。住四人间的十几名病患白天大多不在病房里待着。而单人病房的患者症状较重，不能离开病房，所以不确定整个北三病区到底有多少患者。

除病房外，还有食堂、浴池、洗衣房、盥洗室、有电视的日间休息室等公共空间。其中，食堂在非用餐时段可用作谈话室，是患者们休憩的场所。

北三病区的每名患者都配有一名主治医生和一名主管护士，负责根据患者的情况进行心理咨询、健康管理以及指导用药。我的主治医生是黑田医生，主管护士是一名年约四十岁、姓柏木的女士。

为了做好住院患者的健康管理，医院里每天都要测体温和血压。早餐过后，差不多八点半，护士就会拿着仪器到谈话室统一为大家测量。北三病区用的是腋下体温计，但为我单独准备了耳温计，因为我没办法测量腋下体温。

这件事要从刚住院第一次测体温说起。当时我把体温计夹在腋下，可无论尝试多少次，体温计总在不经意间滑落，测不出结果。我疑惑地用手指摸摸腋下，发现记忆中原本该有肉的地方空荡荡的。我又伸长手指摸索，才终于碰到腋下的肉。我的腋下凹陷，几乎只有贴着骨头的薄薄一层皮肉。那一刻我才发觉，自己的身体已经瘦到连体温计都夹不住了。

自那以后，我开始使用耳温计测量体温。

＊　　＊　　＊

住院第二天，我一早就开始接受血液检查、CT等体检项目。各项检查暂告一段落，我在检查室隔壁的房间休息。黑田医生来了。

"我们聊聊你的身体情况还有今后的饮食安排吧。"

据黑田医生说，我现在的体重是32.2公斤。通常BMI[1]低于18.5就属于过瘦的"低体重"，而我的BMI只有13.8[2]。

"人就算一整天躺着不动，身体也会消耗卡路里，这叫作基础代谢[3]。你这个年龄，每天光是基础代谢就要消耗大约一千三百千卡。除基础代谢外，再加上日常活动和身体发育所需的卡路里，就是身体一天总共消耗的卡路里。你这几个月每天摄入的卡路里甚至都不够基础代谢。为了在低卡路里的状态下维持生存，你的身体做了大量牺牲。**不只肌肉、骨骼受影响，心跳次数、体温都降低，皮肤不再更新，身体各个**

---

[1] 衡量肥胖程度的指标，BMI=体重（千克）÷[身高（米）^{2}]。BMI的标准值为22。

[2] 当时我的身高是一米五三。32.2（千克）÷1.53（米）$^2 \approx 13.8$。

[3] 身心均处于安静状态，仰面平躺，不睡觉也不活动时身体所消耗的卡路里。也可以说是维持心、肺等器官基础生命活动所需的最低卡路里。

方面都要'省吃俭用'才能勉强维系生命。美晴，我理解你不想长胖的心情，可是再这么瘦下去，身体只会越来越虚弱。哪怕你的身体当下没有大碍，但照这个趋势发展下去，等身体垮了再想补救就难了。所以，你在这里多少吃点东西吧。"

黑田医生认真到有点可怕的表情，让我想起了那位女医生。她也劝我做各种检查，也在问诊时反复告诫我必须吃饭，或许她与黑田医生一样，都是担心我的身体状况。<u>一直以来，我只关注体重秤上的数字是否比前一天低，从未想过身体为了活下去，不只是消耗脂肪，甚至连呼吸的力气都削弱了。</u>

"医院给你准备的营养餐里有一百克米饭，其他主菜、配菜、汤的量是普通营养餐的二分之一。等你适应了这样的饮食再慢慢加量，**最终目标是每天吃够一千六百千卡**。在你能通过饮食摄取身体所需的卡路里之前，你必须尽可能减少卡路里消耗。**体重增加之前，禁止走出北三病区**。跑步就不用说了，走路也尽量避免。**洗澡容易消耗卡路里，所以改成两天洗一次哦。暂时不可以泡澡。**"

我实在无法点头。仅仅是设想自己要认可吃饭这件事就好害怕。

"我们会尽全力帮助你吃下去东西。我每天都会来看你，如果有什么不舒服的地方，尽管跟我说。"

我低着头，看不到黑田医生的表情，只觉得他的声音很温柔。

这天,我对红野奶奶说:"我想和您一起吃饭。"红野奶奶很爽快地接纳了我,为我介绍了年约三十五岁的桃井小姐和同样约三十五岁身材瘦削的雨宫先生,他们是固定一起吃饭的病友。我就这样加入了他们,从这天起,我们四个人一起吃饭。

之所以下决心和别人一起吃饭,<u>是因为我觉得既然控制不了拒绝食物的冲动,那就将自己逼入必须克制的环境中</u>。至少现在的我强烈渴望治好厌食症。和父母分别时立下好好吃饭的誓约,以及黑田医生的出现,让我产生了这种渴望。然而,我的厌食行为几乎成了条件反射,仅凭意志力根本控制不住。

所以我想出了一个行之有效的办法,既能提高自主进食的概率,不再让父母担忧,也不给黑田医生和护士添麻烦。那就是和别人相约一起吃饭。一直以来,我都努力活成他人期望的样子,既然我是这样的性格,那为了坚守与他人的约定就不会逃避吃饭,应该能像正常人一样进食。

专用的营养餐虽然量比其他患者的少一点,菜品却是一样的,也有油炸食品之类的高热量菜肴。不论送来什么菜,我都不抱怨，把所有食物一视同仁地在盘子上切分成小块，每样至少吃一口。当最后餐桌上只剩我一个人时，我就把托盘端回床边，再次尝试进食。

柏木护士夸我这样"很了不起"。听说刚住院的厌食症患者大多由于抵触吃饭而一个人躲起来吃，有时甚至逃避进食，还会扔掉食物。柏木护士夸奖我时，我心里却一个劲儿地觉得"不是这样的"，不知该作何回答。

<u>其实，我烦得要命。吃饭的样子要被人看着，用餐时间、菜品、饭量都得听人安排，还有吃饭这件事本身，一切的一切都让我痛苦不堪。</u>

我会假装喝茶，偷偷观察周围的患者有没有在吃东西，要是不这样做，我连筷子都拿不起来。我恨不得用厨房纸巾把浮在食物表面脏兮兮的油全都擦掉，还想把餐盘扔到地上。食物刚一入口，我就习惯性地开始计算卡路里，不论吃什么，都不觉得好吃。

我拼命克制这些冲动，花别人几倍的时间吃饭，结果还是会吃剩。这样的我，哪里"了不起"？

住院前一周，我几乎只喝水、吃点能量棒。可能是因为突然转换状态开始进食，饭后总是感到腹胀、胃疼。

更糟糕的是饭后的情绪波动。<u>我怀疑体重一下子增加了</u>

<u>几十公斤，每呼吸一秒，体重都在不断上升，不安的情绪席卷而来。</u>长胖的不安与想要治好病的渴望相互拉扯，"不小心吃下去了""不对，吃下去是好事"，这样的自问自答会持续几十分钟，不光心累，体力也消耗殆尽。起初我想躲在被窝里自己熬过去，但情况愈演愈烈，只好下床走向谈话室。

我还没有外向到能和初次见面的人轻松交谈，只倚墙窥探谈话室，看到里面坐着几名患者。有人谈笑风生，也有人独自坐在椅子上，每个人都沐浴在窗外照进来的阳光里，投下半身浅浅的影子。光影与肌肤、衣服的颜色相互交融，和谐美好。看到此情此景，我觉得世界的时钟每嘀嗒一秒，可能都会在不同的角落里呈现出不同的景象。

我过去所处的世界和北三病区有些不同。这里的空气刚一进入我的肺中，原本在体内急速跳动的心也跟着平静下来。我没有走进谈话室，只是靠在墙边，让空气浸润全身。

今后在住院期间，即便和其他患者熟络起来，我也不打算透露关于厌食症的事情。我放下了之前在社会上拥有的一切来到这里。在这里，什么都不需要。为便于辨认，名字还是要说的，但除此之外，我不希望附加多余的标签，包括我的高中生身份、出生地、做过什么事，以及我患的是厌食症等等。我想把自己从所有的标签中剥离出来，让其他人觉得现在和他们交谈、共处的我，就是全部的我。

因此,我也不会主动向别人打听什么。我不愿因为共同的秘密产生所谓的同伴意识,那无非是在和别人互相舔舐伤口。请原谅我。

迈出一小步

住院第二天的傍晚,我可以洗澡了。

按照护士安排好的时间前往浴池,更衣室里空无一人。北三病区仅有一个浴池,或许是护士特意调整了时间,免得我在这里碰见其他患者。

我在更衣室褪去衣物,单手拎着洗发水和沐浴露走进浴池。浴池面积约为十张榻榻米[1]大,有好几个洗浴区和一个大浴缸,就像寻常的公共澡堂一样。墙面与地面都贴满了瓷砖,打扫得很干净,没有积水残留。浴池最里面的大浴缸空空荡荡,失去了存在意义的巨大凹坑显得无比扎眼。

我在其中一个洗浴区坐下,伸手调节水温,拧开水龙头。我喜欢洗澡,以前常与家人一起去公共澡堂,但是在这里洗澡就兴致缺缺。或许是因为这么宽敞的空间里只有我一个人,浴池的空气格外寒冷。

放出的水变热后,我将喷头举到头顶,从头淋至肩,再

---

[1] 日本常用榻榻米的张数表示房屋面积,一张普通规格的榻榻米面积为1.62平方米。——译者注

到手臂、后背、双脚，整个人被热水包围。骤然暴露在比体温还高的温度下，身上起了一层鸡皮疙瘩，我就这样静静地待了一会儿，等待身体适应水温。适应后，我将喷头固定在镜子上方的位置，让热水朝着身体喷洒，依照从头部到身体的顺序清洗。虽说觉着这样用水有点浪费，可寒气侵入皮肤，我想能驱散一点是一点。

清洗身体时，我刻意不去看镜子里自己的模样。<u>以前我曾为身材变苗条感到骄傲，可当我以厌食症患者的身份出现在别人眼中，隐隐感觉自己的身体成了别人怜悯的对象后，那份骄傲便荡然无存了。</u>自从开始吃医院的营养餐，我觉得自己的肚子鼓胀，脸也胖了，身体沉重。虽说实际上可能并没有变化，可这一切都让我厌恶至极，不愿多看一眼。<u>我无法释怀自己身体的模样。</u>

关上水龙头，我拿着洗浴套装快步回到更衣室。更衣室里有空调，温度理应维持在适宜的区间，可不知为何，无论周遭多热，我的身体仍隐约透着一股寒意。

* * *

住院第三天早上，我第一次完整地吃完一顿饭。早餐的量相较中午与晚上要少些，而且很幸运，主菜只有半块烤鱼。

我将用完餐的餐盘递给护士时，护士非常高兴。看着护士的表情，我的心底也渐渐泛起欣喜。

这是我住院以来第一次看到成果，我正一点一点地向前迈进！

带着这份自豪刚刚回到床上，却又陷入了不安的旋涡，这种不安强烈到让我产生全身都变重了的错觉，远比平时饭后的不安要汹涌得多。

<u>一直以来，我靠着吃饭时剩饭剩菜，为自己争得"努力减少了卡路里摄入"的免罪金牌。靠着那几十卡路里的差值，才勉强能原谅自己吃饭。如今我将餐盘里的东西都吃光了，罪无可恕。</u>我的心中只剩下对自己进食行为的痛斥，以及"你会长胖"的咒骂。

之后的午餐和晚餐，我吃得比平时还要少。

晚餐后，黑田医生来找我。他一如既往地问我"身体感觉怎么样？"，看到他的脸，我才终于回到现实世界。

"今天我第一次完整地吃完早餐。本来挺高兴的……可又觉得不安，担心会立马变胖……我真的特别害怕进食。比起这个，一想到这辈子只要吃东西就会焦虑，我更害怕了。"

"那确实很可怕。"黑田医生附和我的话，停顿片刻后叫了我的名字。我像被他的声音牵引着似的抬起头，发现他直直地看着我。

"我知道,你的病属于心理疾病,所以会因为那些看不见摸不着的东西而不安。虽说还需要花些日子,<u>但只要你坚持吃饭,身体的方方面面都会发生改变。慢慢感受,你会明白的。</u>"

听到这番话,我由衷地庆幸我的主治医生是黑田医生。他总是引导我探寻答案。他为我指明可靠的行动方针,又不断教导我要耐心等待。正因如此,我才愿意去相信。就算吃营养餐时滋生的大多是恐惧情绪,但是在一次次的情绪起伏中,不同情绪碰撞、跳跃,有时相互交融,说不定会产生意想不到的反应。改变不一定会发生,但也未必会永远被恐惧笼罩。

"……谢谢。"

我才刚刚开始尝试进食。改变,刚刚开始。

次日的晚餐是汉堡肉。肉饼上淋满了泛油光的酱汁。从看见张贴在食堂里的菜单时,我就觉得压抑,等到亲眼看到,心情更是跌落谷底。我知道得赶紧开始吃,可身体不听使唤,连筷子都不想动。我无意间看向对面的桃井姐姐,她盘中的汉堡肉已经下去了一半。桃井察觉到我的目光,冷不丁地开口问:"你喜欢狗吗?"

"喜欢啊。我家就养狗。"

"是嘛！我也养狗！"

随后我们俩兴致勃勃地聊起了各自养的狗，原本沉郁的心渐渐回暖。看着桃井吃汉堡肉，我竟不可思议地产生了想要尝一尝的冲动。用筷子将盘中的汉堡肉切分成小块，送到嘴边，看着桃井吃下一口，我也跟着将汉堡肉放进嘴里。我一边听着桃井欢快的谈笑声，一边咀嚼咽下，笑着说"狗狗真可爱啊"。

这件事对我的冲击极大。<u>从看到食物，到吞咽下肚，我竟然没有觉得厌恶，也没有去计算卡路里。</u>这是几个月以来的头一回。

<u>我做到了进食时不去想卡路里。</u>

这种感觉是克服进食障碍的一小步。虽说第二口又打回了原形，但刚刚那一刻的感觉是实打实有意义的。如果我继续模仿他人进食，即使有些自欺欺人，说不定不知不觉间就成真了。到那时我真的能自主进食，而不再是自我安慰。

晚上，我得到护士的许可，给奶奶打了一通电话。之前在家中的餐桌上对奶奶大喊"别管我！"后，感觉奶奶与我之间有了距离，当时我对这条横亘在彼此之间的沟壑视而不见，直至住进了医院。电话铃声响得越来越久，我的心也跟着怦怦直跳。

"……喂？"

"奶奶？是我，美晴。"

"好久不见啦。"奶奶的声调微微上扬，这是她打电话时特有的声调。奶奶温和的嗓音与我记忆中的分毫不差，令人心安。

"美晴，你最近好吗？"

"嗯，我很好。奶奶呢？"

"我挺好的。医院里怎么样？"

"这里的人都很友善。奶奶……之前我在家里说的话太过分了，对不起……"

"我没放在心上呀。天气变冷了，你要小心别感冒。"

奶奶的声音里满是温柔。往后无论进食有多艰难，我都要努力。

我相信明天是光明的。

神明发话

医院每天的日程安排十分规律,没过几日,我便习惯了住院生活。

我每天都会趁着几餐间隔的自由时间坐在病床上学习。将课本和笔记本摊开在床头柜上,默默预习新单元。

对于独自学习,我早已习以为常,但遇到不懂的问题无人可问着实难受。手机只有在得到护士许可后,或者在会客室里才能使用,住院部又没有图书馆,所以遇到难题,我只能搁置一旁。

我与同学之间的差距日渐拉大,但之前那种强烈的焦虑已经消散了。或许是因为住院之前我曾一度抛却生的念头,对学习的执念也连带着消逝了。既然参加不了下次考试,那就算偏差值[1]下滑,似乎也与我无关了。

会客室与北三病区位于不同的楼层。家属想要来此探视患者必须预约,且探视时间仅限工作日的下午一点半至四点

---

[1] 日本用来评价学生学习能力的标准,能反映考试中的分数排位。——译者注

半。大约十二张榻榻米大小的会客室里摆放着两张长桌、几把椅子。会客室里没有隔断，不过很少会与其他患者的探视时间冲突，所以无须担心。

妈妈几乎每天都来看我。为了这短短不到三十分钟的探视时间，她要提前下班，再开一个半小时的车赶来。妈妈给我送来干净的衣物，拿走我穿过的，关切我的身体状况。听到我回答"挺好的"，她便笑着说"那就好"。我们就这么有一搭没一搭地聊着。

妈妈如此温柔。可是到底该聊些什么，才能让面带倦容强撑微笑的妈妈开心起来呢？我不知道。

北三病区每日安排表	
6:00	入口大门开放
7:00	早餐
12:00	午餐
13:30	洗澡时间开始 探视时间开始（工作日）
16:30	洗澡时间结束 探视时间结束（工作日）
18:00	晚餐
19:00	入口大门封闭
21:00	熄灯

晚餐后我躺在床上，黑田医生总在这时候过来。床帘外传来他的声音"身体感觉如何？"，我拉开床帘，招呼黑田医生进来。

我与黑田医生之间的距离感，与其说是医患关系，倒更似朋友。一与他交谈，我就莫名地滔滔不绝起来，和妈妈来探望我时截然不同。无论我心中的事情多么琐碎无聊，黑田医生总会耐心听我讲述，随声附和。今天的天气、与其他患者的对话、我喜欢的东西与关心的事情、面对食物时的内心波动、对长胖的不安……所有话题他都一视同仁，悉心倾听。

我连每一次呼吸都会产生诸多感想，但觉得这些事情都不值得对旁人说，就长久深埋心底。久而久之，我觉得自己成了垃圾、渣滓的集合体。可是，每当黑田医生附和我说的话时，那些琐碎就变成了有意义的事情。<u>我原本毫无价值的躯壳，似乎也渐渐有了色彩。</u>

一天我正在解数学题时，黑田医生过来了。当时我恰好学到新单元，正与初次见到的符号以及一串用等号连接的数字苦苦搏斗。虽说将数字套入课本给出的公式就能解出练习题，但我不明白原理，不知道为什么要用这个公式。一旦遇到难度更大的综合题，我就无从下手了。

"黑田医生，怎样才能学好数学呢？"

"你数学不好吗？"黑田医生站在我的床边，惊讶地瞪大双眼。

"特别不好。应该说从计算开始就很吃力。"

"我也不擅长数学。"

"咦？真的吗？您可是医生啊，医生不是都很聪明吗？"

"医学和数学可没多大关系。医学这东西，怎么说呢，更接近烹饪菜谱，比如学习烹制出美味的法式炖菜的具体方法。"

我对医学一窍不通，无从判断这个比喻是精妙还是蹩脚。

"那英语呢？我的长篇阅读也不太好。看到长文连在一起，我就搞不懂意思。"

"英语长文啊，多读些小说自然而然就能读懂了。"黑田医生又用一句话结束了这个话题。他似乎没有要辅导我学习的打算。

"我肯定会被班里的同学甩得越来越远。"对话进行不下去了，我心有不甘，摆出一副失落的样子。

"我的病人运气都不错，成绩会提高，所以不用担心。"

"什么呀，哪有这种运气啊？"

黑田医生能面不改色地胡说八道，真是个有些奇特的人。可不知为何，与他交流起来，我越发坚信第一次见到他时心里的直觉是对的。

＊　＊　＊

住院第六天的晚餐时间，我像往常一样拿起写有自己名字的托盘，上面放着大碗盖饭还有汤。碗上盖着盖子，看不见里面是什么，不过菜单上写的应该是鸡肉滑蛋盖饭。我住院以来还是第一次吃盖饭。落座后，在护士的示意下开餐。

揭开碗盖，映入眼帘的景象瞬间让我胃中一阵翻腾。盖饭黏腻温热，气味难闻，米饭的量看起来有平时的三倍。我浑身颤抖，感觉又回到了将自己关在房间里、抱着膝盖蜷缩着的那段日子。<u>与最近用餐时"不想吃""不想长胖"的厌恶感不同，这是一种更为强烈的排斥反应——我不认为眼前的食物是可以入口的东西。</u>

我涌起一股冲动，想掀翻托盘，把眼前的东西弄得稀巴烂。

不行，这些都是为我准备的，我不能任性妄为践踏别人的关怀。还有其他患者在，我不能失去理智，不能叫嚷，要忍耐，就当什么感觉都没有！

我试着在心底默念，可指尖颤抖得连筷子都拿不稳。我本以为近来对食物的厌恶感已有所缓和，不敢相信会因为一点小事动摇至此。我无法从这里逃离，心中绝望了。

唉，失败了。我的谎言不堪一击，瞬间破灭。无论意愿多么强烈,无论之前的表现多么理想,结果还是徒劳。人终究是本性难移。

过了一会儿,身体能动了,我便对柏木护士说"我想回床上吃饭"。柏木护士察觉到我有些不对劲,陪我回到病房。她扶着我坐在床上,柔声问道:"没事吧?"我脑中的绝望还在轰鸣,以至于无法组织自己的语言。

柏木护士在一旁坐下,轻抚我的后背。她掌心的温度一点点在我背上扩散开来。我的呼吸渐渐顺畅,终于能开口说话:"我……是个没用的人。大家都那么鼓励我,我却回应不了大家的期待。本应该更努力才对……可就是做不好……"

最近我感觉自己有些许改变,甚至产生了错觉,以为那些伪装出的积极行为能变成现实。这种幸福的误判让此刻的打击愈显沉重。

我低着头一动不动,柏木护士继续抚摸我的后背。我的心,由于对自身失望而长出尖锐的倒刺,这些刺似乎沿着她掌心的曲线,恢复了原本的模样。

"现在呀,肯定是神明在说'该休息了',这种时刻是很有必要的。"

听到柏木护士的话,我抬起头,她笑着凝视我的双眼。我好像听到了某种陌生的话语。<u>我心中的神明从不允许我撒</u>

娇示弱,只会质问我"为什么做不到"。当我有所察觉时,厌食症这种病已经开始让我痛苦呻吟,<u>都是因为我比别人更弱小、更愚蠢,才会遭遇这样的时刻。所以,我没有资格被他人温柔以待,必须尽快康复,别给他人添麻烦。</u>

我不明白这种时刻有什么必要。但是我好开心。如果真如她所说就好了。如果,这烦恼挣扎也是必要的就好了。

然而,我连自己说过的话都做不到,像我这样笑着说谎的人,也可以休息吗?

就算我在心中小声询问,我的那位神明也绝对不会给出肯定的答复。

<u>自拒绝吃盖饭那天起,我对食物的厌恶感卷土重来了。</u>次日午餐吃肉酱意大利面,我也是吃到一半就溜出了食堂。第三天晚餐的麻婆豆腐更糟糕。看到平盘里铺满的浓稠芡汁,我几欲作呕。好像是受某种自然定律支配一样,我的身体先于意识做出了反应。

我强装镇定,拿起勺子,勉强将浮在芡汁上的豆腐碎片送入口中。可那芡汁,我无论如何都咽不下去。就这样,我把托盘递给护士,回到床上。

<u>即便是在这种情况下,我还是会在心中窃喜,庆幸把饭剩下了可以减少卡路里摄入。一想到能变瘦,我就无比安心,</u>

但是对自己的失望更甚。这样下去，不就倒退回住院前的状态了吗？

我仰面躺在床上，盯着天花板。雪白生硬的天花板就像纯白的盘子，使我莫名地平静。盘子里什么都没装，不需要我吃下什么。

炸物、炒菜、漂着油花的汤、盖饭、面食、芡汁、调味品与拌饭料，光是看着这些，我就恶心。尤其是一看到闪烁的油星就怒火中烧，想把食物捏烂，让它变成无须入口的物体。

我叹了一口气。就算今晚吃了下去，还有明日复明日。定额的饮食任务不会减少，只会归零后重启。只要活着一天，只要还想活下去，我就要一直承受进食的煎熬。

我就这么躺在床上，听到了黑田医生的声音，急忙起身。

"感觉怎么样？"

"不太好……"

黑田医生看着我支支吾吾，没有说话。他应该已从柏木护士那里听说了盖饭的事，对我的进食情况有所了解。

"最近的菜单我都难以接受，光是看着就恶心。我好害怕。前不久，就算不情愿，至少还能勉强吃一点……"

"嗯。"

黑田医生轻声应和，随后再次陷入沉默。这一个字里读不出丝毫情绪。只是一句肯定的回应。我习惯从对方的语气中揣摩是否有不快或无聊的情绪，听到黑田医生的回应，我就放心了。他的声音里没什么多余的波动起伏，让我相信他正在耐心等我倾诉。

"吃饭真的太痛苦了。日复一日，没完没了……和别人一起吃饭也好累，我担心自己倒退回住院前的状态了。可是我得快点康复才行……"

"我懂，我知道你正在经历痛苦的阶段。可是你并没有回到原点。虽说体重没怎么变化，但你的体格变化了呀。毕竟你在医院里可是在拼命吃饭。别担心，你一直都有进步的。"

住院前，我的皮肤暗淡无光，几乎紧贴在骨头上，现在我自己都能感觉到身上长了点肉。这些变化，是我挣扎前行留下的肉眼可见的成果。我固然为此欣喜，但听到别人说我比之前胖了还是会受打击。<u>不管身体多么虚弱，想瘦的念头依然强烈。</u>

"住院治疗很辛苦吧？"黑田医生见我沉默不语，开口问道，"等你一天能吃够一千六百千卡就可以出院回家了，只需要定期来院复诊。"

"不要！"我想都没想就脱口而出。我第一次从黑田医生口中听到"出院"二字，简直不敢相信，"我不想回家……我害怕。现在回家，肯定会变回原样。我又会……吃不下东西了……"

黑田医生安抚慌乱的我："别怕，离出院还早着呢。我们不会赶你走的。"

"我没有信心一个人吃饭。在这里，有您和柏木护士肯听我说话，我就能安心……"

"很高兴听你这么说。"

黑田医生指了指我枕边的小猪玩偶说"挺可爱的"，随后话锋一转，"但是床上最好不要摆放私人物品。我们医院里有些长期住院的患者，他们会把自己喜欢的东西带进来，把病房布置得像自己的家。这样一来，他们在医院里安于现状，就会害怕回归社会。我们希望这里成为让患者们安心养病的地方，是为了实现更好的治疗效果。但你不能把这里当成自己的住所。你的归宿在医院之外的地方。"

这番话像一记耳光打醒了我。<u>这里不是让我寻求安逸的地方，而是我的战场。</u>

"好的，我会注意的。"

"之后我们也一起努力吧。那我明天再过来。"

我叫住了正欲离开的黑田医生："请问，米饭的量能再加一点吗？"

"欸？当然可以……但是你没问题吗？"

"嗯。我不想再这么放任自己了，我想继续努力。"

"我知道了。明天我去找营养师商量一下。别太勉强，一点一点加量吧。"

黑田医生走后,我回味自己方才说的话,连自己都觉得够坚决。增加食量是忐忑的,但是趁着有人帮助,或许我该更加努力地战斗。时间有限,如果我总是放任自己,这病一生都无法治愈。

送一束无与伦比的花

清晨,我换上运动服,拉开床帘,对床的红野奶奶恰好也露出脸来。

"早上好。"

"早呀。"红野奶奶说着走到病房的窗前,将窗帘拉开。四方形的天空被云朵遮蔽得白茫茫一片,透进来的光线很微弱。我站在红野奶奶身旁,俯瞰下方的庭院。

"外面很冷哟。"

"是吗?我一直没出门,都快忘了冬天有多冷了。"

红野奶奶听了我的话,用纤细的手指轻掩住嘴,优雅地笑了:"我每天早饭后都会去院子里散散步。等你能外出了,咱们一起散步吧。"

我点了点头。

我和红野奶奶一同前往食堂,餐车周围已经聚集了好些等待领早餐的患者。我道了句"早上好",几个人闻声转过头,纷纷回应"早上好"。同样的问候此起彼伏,就像声音的连锁反应。今天我们又开始了新的一天。

我端起托盘，走到常坐的桌子前，桃井和雨宫已经坐下了。

坐在我旁边的红野奶奶双手捧着茶杯，抿了一口，悠悠地呼出一口气。她喝茶时总是很郑重，就好像杯中的茶水是沙漠中珍贵的甘霖一般，需要慢慢品味。我也有样学样地端起茶杯，轻啜一口。温热的液体灌满口腔，沿着喉咙滑入体内。那股温热顺着重力在我身体里破出一条通道，阵阵作痛，清晰可感。

<u>我还是有些惧怕喝东西。总觉得喝进去多少水分，身体就会长胖多少，所以除了随餐的茶和下午三点喝一杯水，其他时间滴水不沾。不过模仿别人时，我的心似乎能和他们同步，恐惧也随之缓和。</u>

我品着茶，无意中抬眼，看到墙上挂历的一瞬间呢喃出声：今天是妈妈的生日。

妈妈将在下午四点左右来看我。我住院，妈妈常来探视，给妈妈添了许多麻烦，我想送她一份礼物，但是身上一分钱也没有。我的手头只有学习材料、日记本、文具和手机，唯一能做的就是在学习用的笔记本上给妈妈写封信了。我走向谈话室，想在那里找找灵感。

谈话室的北墙整面都是窗户，即便不开灯，房间里也十分明亮。窗户朝向与医院南侧的庭院相反，从这里看下去是停车场。我望着停车场，发现病房大楼墙根下有一些小小的、彩色的东西。一个念头闪过，我走向护士值班室。

"你说你想出去？"听到我的申请，柏木护士的嗓门比平时高了一些。

"是的……我想去楼后面的停车场。"

"为什么？"柏木护士的声音里带着几分惊讶。这也难免，毕竟按规定我不能离开北三病区。

"我想摘花。"我深吸一口气，下定决心接着说，"妈妈过生日，我想送她一束花，在今天探视的时候给她。"

或许是我的话太出人意料，柏木护士微微瞪大了眼睛。她的惊讶程度超出了我的预期，我突然感到一阵难为情。摘花送给父母，这件事听上去像小学生才会做的。

"等我一下。"柏木护士留下一句话，转身消失在值班室门后。在等她的间隙，我用手扇了扇大约已经涨红的脸，试图冷静下来。

过了一会儿，柏木护士推门进来说："批准你出去啦，前提是由我陪同。"

"谢谢！"

我套上好几件运动服，走出病房。柏木护士在北三病区的入口处等我。

"那我们走吧。"

白色的门缓缓打开。我跟着柏木护士走了出去。

外面的空气冷冽,嘴里呼出的气化作白色雾霭飘散。我朝着从窗户里看见的地方走去,那里有淡粉色的小花在风中摇曳。柏木护士从口袋里掏出一把剪刀递给我。我蹲下身子,在离地面约三厘米的地方用手轻轻扶住黄绿色的柔软花茎,斜着从下部剪断。可爱的小花就这样死去,落在我的手中。如此重复两次,我将花朵尽数摘下。可是我感觉左手中的寥寥几朵花实在称不上是花束。

"再走远一点吧。"

"可以吗?"

"可以呀。送一束漂亮的花束给妈妈吧。"

我们在停车场附近搜寻,摘了大约十朵花。

回到病房,空调的暖风让我浑身一激灵。我将套着的几件运动服扔在床上,走向谈话室。柏木护士从值班室拿来包装纸和丝带,种类很多,都用剪刀剪成了合适的尺寸,摆在谈话室的桌子上。

"你可以从这里面选喜欢的用。"

"谢谢。您这么忙,还从头到尾帮我……"

"别客气！只要能让你妈妈高兴就好。"

柏木护士把剪刀收进口袋，回去工作了。看着她的背影，我感慨道："她真是天使……"

正当我全神贯注地思考怎样搭配包装纸更能衬托花的颜色时，身后突然传来一个声音："你在干什么？"

回头一看，雨宫站在我身后。他穿的不是平日的运动服，是一件时髦的厚外套。医院里的患者症状恢复到一定程度后，得到医生的批准就可以外出。雨宫大概是去街上买东西了。

他单手提着一个大塑料袋，袋子因重力作用紧绷下垂。

"您拿的是什么呀？"我太过好奇袋子里的东西，以至于忽略了雨宫先生的问题。他似乎并不在意，打开塑料袋口让我看。里面有七个五百毫升装的塑料瓶，都是同一品牌的咖啡牛奶。雨宫先生从袋子里拿出一瓶，递到我面前。

"我最喜欢这个甜滋滋的味道，所以总是买很多囤着。"

我看了一下咖啡牛奶的标签文字，一瓶的热量就远超两百千卡，和一百五十克米饭的卡路里不相上下。吃了医院的营养餐再喝这种高热量的饮料应该会长胖，可是雨宫先生脸颊干瘪，瘦得眼睛都有些凸出了。

"桌上摆的是花吗？你要送给谁呀？"

"今天是我妈妈的生日，我想送她一束花，就去外面摘来了。"

"是吗?真好。"雨宫先生笑着说了句"加油哦",便离开了。

我又开始埋头制作花束。我选了妈妈应该会喜欢的浅色包装纸,把花包起来,再系上丝带,试着扎成一束,但是有几朵花掉了出来。反复试了好多次,都包得不美观。就这么折腾到了下午三点多,谈话室里聚集了不少患者。他们有的喝茶,有的吃着小卖部买来的点心,还有的闲聊打趣,各自以喜欢的方式享受休闲时光。唯有我,独自一人在桌子的一角与花搏斗,显得格格不入。我总觉得周围的患者在悄悄观察我的动作。他们应该很好奇,但又不好贸然开口问,便成了一道道视线聚焦在我身上。我受不了这种状况,只想快点结束,但越是着急,手越是不听使唤。

"你需要这个吗?"

一根橡皮筋忽然落在桌子上。我顺着一旁伸过来的手臂看去,一名年逾四十五的女性正低头看我。我们此前互相打过几次招呼。

"用橡皮筋把花固定好,再用纸包起来,不是能绑得更漂亮吗?"

"谢……谢谢……"

她这是目睹了我制作花束的全过程。我害羞又惊讶,一时语塞，只能用弱得像叹气般的声音回应。

"没关系，小事一桩。"她边说边喝纸盒装的饮料，嘴里露出的吸管被她咬得扁扁的，不成样子，"你就是最近才住进来的小孩吧？好年轻啊，今年多大了？"

"我上高中一年级。"

"这么小！"

她身体后仰，反应十分夸张。我觉得她太大惊小怪了。不过现在住在北三病区的，几乎都是三十五岁到七十多岁的患者，我确实年轻得惹眼，这也是事实。

"你的身材真苗条，腿好细！不像我这样。"

她用手拍了拍肚子，微微晃动的小腹比胸部曲线还突出。她笑了一会儿，说"你加油吧"，便回到座位上。

后来，又有许多病人陆续过来我这边。红野奶奶、桃井等关系好的患者自不必说，一些我连名字都不知道的患者也来搭话。在医院这个相对封闭的空间里，有人可能已经许久未见过鲜花了。我摘来的尽是些野花杂草，收集得再多，也做不到像花店售卖的花束那样华丽。可我们却围绕着这些不起眼的小花聊得热火朝天。<u>外界社会弃如敝屣的东西，在我们这里如同珍宝。</u>我一边和患者们聊天，一边花时间绑好了花束。

"你妈妈来看你了。"柏木护士来喊我,在我耳边轻声说"加油"。她的脸微微泛红,我有些害羞,快步走向会客室。我刚进去,坐在椅子上的妈妈便抬头唤我的名字。

"你身体怎么样?"

"一般般吧。"我想尽快完成使命,把藏在背后的花束递到了妈妈面前,"祝妈妈生日快乐。我能准备的礼物只有这样的,送给你。"

妈妈一脸猝不及防,沉默了几秒。在开口说话之前,她轻轻伸出手触碰花束,慢慢接过来靠近胸口。在这期间,我一直盯着她的手。妈妈的手还带着小麦色,那是夏日留下的痕迹,她的指甲和手腕上有几个斑点。

"这花是从哪里弄来的?"妈妈小心地开口。她的声音里透着喜悦,让我松了一口气。

"医院的停车场里开着花,我去摘的。"

"你出去了?"

"我得到了特批。为了做这束花,护士和其他患者都帮了我好多。"

"这样啊……谢谢啦。"

妈妈从口袋里掏出手机,对着花束拍了好几张照片。

吃饭是开心的事吗？

住院第十天左右，医院给我安排的米饭量从一百克增加到了一百三十五克，热量也从约一百五十六千卡增至约二百一十一千卡。对于连一千卡都心怀抵触的我而言，这是极为痛苦的转变。

我最近只能做到把米饭全吃完，但随着餐量增加，我开始剩菜了。每次饭后把餐盘递给护士，听到护士说"剩了呀"，心里就不是滋味。我知道护士并没有责备的意思，可这话就好像再次提醒了我剩菜的事实，让罪恶感加剧。

次日吃过饭，我端着餐盘走向回收处，那里站着一名二十五岁左右的年轻护士，我之前没有见过她。她检查了餐盘里剩下的食物，看着我的眼睛微笑说"你很努力哦"。我满心讶异。我觉得自己没有完成应尽的任务，不该受到表扬。只要不把盘子里的食物全塞进嘴里，就是失败。那一刻，我惊觉自己在饮食这件事上感受到的只有义务。我决定看看其他患者每天都是如何忍耐进食之苦的。

我先是观察食堂里坐在我对面的桃井。桃井拿碗筷的姿态优雅，她舀起大约十粒米，轻松送入口中，咀嚼几次后咽下，还跟我搭话，对我的回答做出反应，露出笑容。接下来她把目光转向主菜糖醋里脊，没有丝毫犹豫，夹起一筷直接送到嘴边吃了下去。桃井自然知道自己吃的是糖醋里脊。可是在我眼中，她进食的样子简直毫无防备。

桃井小姐刚才吃了一块三厘米大小的猪肉、一小块胡萝卜、一片洋葱，上面浇淋的芡汁里放了醋、砂糖、番茄酱等各种调味料。猪肉还是过油炸过的，卡路里很高。

依照菜单，糖醋里脊约为四百千卡。桃井小姐这一口大概吃了整道菜的十分之一，简单估算约为四十千卡。换作是我，会优先吃卡路里低于猪肉的蔬菜。然而，若真想控制卡路里摄入，还是得少吃糖醋里脊，多吃米饭。毕竟一口米饭的热量约为十六千卡……

"美晴，你怎么了？"

耳边冷不丁传来声音，我抬起头，与微微探身向前的桃井四目相对。<u>自从开始执着于卡路里，每每看到食物，我便沉浸于计算自己进食后会摄入多少卡路里。</u>整个过程是无意识的，这才可怕。

"你没事吧？身体不舒服吗？"

"不，不好意思，没什么事。"

桃井小姐无知无觉地吃着，糖醋里脊已经下去了一多半。

为了掩饰自己，我小口小口地喝着味噌汤，观察同桌的其他患者，结果发现红野奶奶和雨宫也是一样。他们进食时，只是模糊地知道自己往嘴里送了什么，对于旁人吃的东西也不太在意。相较而言，他们更关注吃饭时的对话和氛围。

<u>他们本能般地、毫不犹豫地选择吃什么、吃多少、按什么顺序吃。他们的行为毫无矫饰，非常自然。</u>

我敲敲护士值班室的门："我有事想咨询。"一名护士从门里探出头来，思索片刻，邀我进了房间："你是不是不太想让人听见？进来吧。"

值班室里堆满了文件，气氛严肃紧张。房间中央是一张宽大的白色桌子，周围放着几把椅子。其中一把椅子上，坐着之前微笑着夸我很努力的年轻护士。

"你随意坐吧。喝点茶，咱们慢慢聊。"招呼我进来的年长护士拿着茶壶倒了三杯茶，小心地把茶杯分别放在每个人面前。我双手捧着茶杯，没有喝。塑料茶杯的表面传来微热。

"那个……"我看着两旁正喝茶的护士，开门问，"两位吃东西的时候会想些什么呢？"

我来这里是为了确认没有厌食症的人对于饮食是什么<u>看法</u>。倘若光靠我的观察，那只是我单方面的看法，可能存在先入为主的观念。而且我没有向其他患者透露过自己的病名,所以还是有必要找护士聊聊。

"我害怕长胖。因为太怕了,不管吃什么,脑子里都只想着卡路里。吃东西的时候,每一口都是这样的感觉,我根本没心思去品味食物好不好吃,也不觉得好吃。你们也会这么想吗?"

两名护士面面相觑。年长的护士先开口:"我嘛,还真不会这么想。进食的时候不会逐一计算卡路里,吃饭就是吃饭,大概没想太多。大家应该都不太把卡路里当回事儿吧?"

"可平常大家不是总说要减肥吗?吃东西的时候,真的一点都不担心吗?"

在电视节目和各类书籍里,减肥的话题屡见不鲜。高中的朋友们见面也常说"你胖了""你瘦了",就像日常问候语一样。

"我吃东西的时候,脑子里就只有'想吃!'的念头。不过要是晚上吃多了,吃完也会后悔。"

我觉得年长的护士是在撒谎。所有人肯定都想比其他人瘦。别人劝我"吃吧",是因为他们希望自己是最瘦的,便想着让我长胖。

自从卡路里的概念在我脑海中根深蒂固后,我看其他人时都戴上了有色眼镜。以往习以为常的事物,如今统统可疑。

我这个人只会这样曲解他人的好意，既丑陋又讨厌，可这种想法就是盘踞在内心深处，挥之不去。

我对年长护士的怀疑愈发不可收拾，索性闭嘴。年轻的护士开口打破了沉默："确实有人会因为怕胖而不敢吃东西。尤其是女孩子。"

年轻护士身材苗条，长相也很可爱。我要是想变成她这样，可能需要比之前更加严格地控制饮食。她稍稍提高音量继续说道："但我觉得，吃饭这件事，除了卡路里和减肥之外，还有许多重要意义。"

"……还有其他意义？"

"嗯，比如品尝食物的美味。就拿蛋糕来说，它的卡路里很高，吃了确实会发胖。可是吃蛋糕能消解工作的疲惫，让整个人都幸福起来，我的内心能得到满足。"

听了她的话，年长的护士点点头。

"我就很喜欢和别人边聊天边吃饭。和朋友一起去好一点的餐厅，两个人分享美味，幸福感简直翻倍。"

<u>"吃饭可不只关乎卡路里。我觉得吃饭是件让人开心的事儿。"</u>

"吃饭是开心的事吗？"

"吃饭会让人幸福吗？"

"真的可以想吃什么就吃个尽兴吗?"

我无法接受从这些问题中得到的肯定答案。虽说我也会有想吃东西的念头,<u>但从不觉得饮食是别人口中那种"想吃什么就吃个尽兴"的愉悦享受。饮食难道不是要在控制发胖的前提下才能进行吗?难道不是很痛苦吗?</u>

我一直以为周围的人和我有同样的感受,所以无法相信那些毫无防备地进食的患者。难道,那些患者也是因为吃得开心,所以才吃得么自然吗?

我的心里没有一丝一毫吃饭的欣喜。<u>我无法从饮食中获得"快乐"和"好吃"的感受,它们就像被我遗落在了某个角落</u>,怎么也找不到。然而,我应该也曾有过与护士和其他患者相同的感觉,否则过去的十五年间不可能毫无异样地用餐。

我感觉就像回到了婴儿状态一样。那些失去的感受,还能重新培植,再次萌芽吗?

黑田医生说过的"坚持吃饭会发生改变"在脑海中回响。如果这句话是真的,或许,在未来的某一天,我也会变得像她们一样。

* * *

自住院以来,我一次也没有哭过。吃饭痛苦但不得不吃,这件事没有变，所以哭也无济于事。而且我本就不喜欢在人前落泪，被人发现自己哭了会难为情，一想到可能被人议论哭相难看就觉得很可怕。

所以我自己也不知道那天为什么会哭。晚餐时间，我像往常一样前往食堂，坐在桌前，互相斟茶，说一句"我开动了"。那天的晚餐是奶汁焗菜，我看菜单的时候就已经知道了。可是看到盘中的奶汁焗菜后，我的泪水夺眶而出。

这就是当时发生的一切。周围的人被我突然的反应吓了一跳。柏木护士带着我回到自己的床上。她好像安慰了我，但我记不真切了。

我的身体无力，想要抬起头却怎么也动不了。也许，是我真的累了吧。我把脸埋进床里，任泪水流淌，脑海里只有一个想法——<u>我真的，不想再吃了。</u>

<u>我泪流满面，只希求获得赦免。</u>

哭完之后，我请柏木护士帮忙把饭菜端来，再次面对奶汁焗菜。焗菜的酱汁上，还铺着卡路里很高的奶酪。真恶心。但是不吃不行。因为我自己立志所有食物都必须吃下去。我舀起一勺奶汁焗菜，却怎么也下不了决心，僵在那里。这时床帘外传来脚步声，在我的床前停下了。我屏住呼吸，身体紧绷。

"美晴?"是红野奶奶的声音。听起来,她是把嘴凑近了床帘在和我说话,"慢慢吃,没关系的。"她温柔的嗓音让我险些又落下泪来。

我没有回应,缓缓将勺子送到嘴边。

"美晴?我可以进去吗?"

晚饭后我坐在床上,床帘外传来黑田医生的声音。我慌忙应声,拉开床帘。

"今天的事,我听柏木护士说了。我作为医生,接触过许多进食障碍的患者,我想我很清楚肥胖在你们心中是多么恐怖的一件事。我知道你一直在努力,努力战胜内心的恐惧。"

"可是,都过了这么多天了……什么都没改变。"

"还没到时候呢。"

"还没到时候……吗?"

"是啊,你才住院十二天,还有大把的时间。你啊,总是急于求成。同样的现象,你自己的看待方式不同,感受就不同。更何况,你确实有改变。只是你自己还没察觉到。这变化也体现在你的体重上呢。"

说来也很神奇,我在心底默念"还没到时候"时,便觉得或许真是这样。

"也有很多其他患者刚住院时的体重比现在轻十公斤左

右。大家都是历经一段时间，慢慢恢复过来的。"

我的脑海中浮现出患者们的面容，他们平和又温柔。可他们也都是因为某些异常住进了医院，为了摆脱如半身枷锁般的灰暗记忆，至今努力挣扎着。

"试着直面食物吧，再试一次，慢慢来。"

黑田医生说得没错。我总是急于让一切变得完美，一旦不顺意就慌乱无措，这是我的坏习惯。

今后即便再跌倒，只要每次都站起来就好了。

我深吸一口气，调整呼吸："……嗯，麻烦您费心了。"

专栏 | 低营养、低体重的影响（身体方面）

深井善光老师在小儿心身医学、儿童精神医学、精神分析学等领域均有广泛涉猎，他在著作《进食障碍——身体代为承受的心灵之痛》中指出，低营养状态会削弱甲状腺功能，<u>进而引发疲劳、低体温、心动过缓，以及胃肠功能低下伴随的便秘、食欲减弱、身体乏力</u>等症状。

该书还详细介绍了停经的影响。青春期停经会给身体带来极大的影响。月经期间分泌的雌激素具有保持骨密度、促进骨骼生长的作用。青春期是骨骼长度和厚度增长的时期，从青春期到二十岁前后，如果身体无法获取充分的营养，身高就达不到应有的高度。

不仅如此，深井老师还强调，如果青春期连续停经数年，四十多岁时骨折的风险就会显著提高。身体健康的女性在绝经后骨密度也会下降，一般六十岁左右开始因骨质疏松症而变得容易骨折，但青春期停经会使这一风险提前二十年左右。

深井老师还提到，长时间不分泌雌激素，皮肤会长皱纹，发量减少，呈现出类似衰老的症状。

> 住院前,我的皮肤暗淡无光,几乎紧贴在骨头上,现在我自己都能感觉到身上长了点肉。
>
> (本书第67页)

停经的时间越长,对骨骼的影响越大。

因此,尽快恢复体重至关重要。然而<u>作为一名厌食症的亲历者,我想说,希望大家不要一味告诫患者"要吃饭"</u>。因为患者只是身体条件反射地产生厌食行为,他们的内心深处其实非常清楚"不吃不行"。

进食障碍是一种心理疾病。希望患者身边的家人和朋友不要只看他们的外在行为,而要走进他们的内心。

参考文献:
《进食障碍——身体代为承受的心灵之痛》 [日]深井善光/著

第 3 章

住院后半期
33.2 kg ~ 31.4 kg

第一次外出

住院第十五天,我的体重增加了一公斤,达到 33.2 公斤。因此医生批准我次日开始可以离开病区,在医院范围内活动。

按说应该等体重再增加些才允许我外出的,不过我积极配合治疗,严格遵守住院第二天与黑田医生的约定,所以获得了特别批准,算是对我的奖励。

虽说能外出了,但不能频繁出去走动,也不能在庭院里跑步锻炼。

我第一次外出是和红野奶奶在庭院里散步。一想到能踏上住院第一天所见的耀眼的石砖步道,我就抑制不住内心的兴奋。

早餐过后,八点左右,我与红野奶奶一同走出北三病区。我们在一楼下了电梯,沿着连接门诊大楼和住院部大楼的通道前行,看到了通往医院外面的玻璃门。我满怀期待,跟在红野奶奶身后走出玻璃门。

眼前的石砖步道短得很,远远够不着地平线,就是一条再普通不过的路，全然不见曾经吸引我的光辉。<u>或许，真正闪耀的并非这景色，而是与黑田医生相遇后，自己那颗决定活下去的心。</u>

我们沿着石砖步道笔直前行。红野奶奶已年逾古稀，每一步都像是要在地上踩实了才肯继续迈步。和她并肩走，我能比平常更细致地欣赏风景。林荫道两旁的树叶已落尽，大部分只剩下秃枝。我深吸一口气，室外的空气远比住院部里的冷冽，感觉没有什么杂质。我们一路交谈，嘴角呼出的微微热气，还未来得及随风飘散，转瞬便消失不见。

走着走着，我在石砖步道左边看到了一个运动场。继续向前，高大的围墙挡住了路。看样子我们已走到了医院的边缘。红野奶奶向左转，开始沿围墙边的草坪小径走去。这条小径看上去也有一百多米长。先前听说这个庭院不小，真正走一走发现果真很大。我凝望道路前方，隐约能看见白色的高高栅栏，估计是医院最外侧的围栏。

"美晴，你为什么来这里住院？"

红野奶奶突然停下脚步，蓦地开口问。到目前为止，就算是关系较好的患者，彼此间也从未透露过病名。红野奶奶的话让我吃了一惊。我犹豫着不知该怎么答复时，红野奶奶自顾自地说了起来。

"我是因为抑郁症住院的。刚住院时,我一天到晚地发呆,什么都做不了,打不起精神……电视也看不进去,就连读书也不知道书上写了什么,读不下去。"

红野奶奶望着天空说话,似乎是在回忆当时的情景。在我的印象里,红野奶奶性格拘谨,但说话总是乐呵呵的,是个很开朗的人。我实在难以想象她那时的样子。

"所以我很高兴现在咱们能一起散步。这家医院的医生和病人都很友善,是个不错的地方。美晴你也一定会好起来的。"红野奶奶对我温柔地微笑,继续向前走去。

走到小径的一半,红野奶奶说了句"差不多该回去了",便掉转方向。我依依不舍地跟在她身后。

回到北三病区后测量血压,可能是好久没走这么多路了,我的血压比平日高了些。从这天起,早饭后与红野奶奶一同散步便成了每日惯例。

* * *

我在床上休息时,红野奶奶招手唤我。

"这个给你。"她将手覆在我手上,小心地递过来一个和果子,小小的,我却觉得异常沉重。

那天傍晚，我来到会客室，爸爸妈妈都在。以往只有妈妈一人来探视，爸爸许久没来了。我从妈妈手中接过装着新换洗衣物的纸袋，抱在胸前。

"今天，同病房一直关照我的红野奶奶送了我和果子，因为这件事……我忍不住哭了……刚才还在和柏木护士聊。"

自从住院之后，我都没有向父母详细说过自己的病情。在会客室见面时，我聊的都是关系较好的患者的事，还有一些日常琐事。即便住院了，我也装出一副精神饱满的样子。

但是今天，有件事，我无论如何都想告诉他们。

"我知道红野奶奶是好心送我和果子。可是，<u>看着她送的和果子，我就觉得像被人逼迫'快吃'一样，越来越受不了……我甚至怀疑红野奶奶是为了让我变胖才给我的，一怒之下给扔到了墙上</u>……看到变得稀巴烂的和果子，我的心里涌上一股罪恶感……连一只手就能握住的小小和果子都吃不下，我真没用……"

我发现自己越说越激动了，脑海中浮现当时的画面，接着说："我害怕吃东西。<u>我怕吃了发胖，特别不安。吃一口都需要鼓起极大的勇气，吃完了又后悔一整天。</u>在家也是这样。我总是很害怕。<u>不是我任性……这真不是努力就能做到的事。</u>"

住院之前,我被恐惧的浪潮裹挟,排斥围绕自己的一切。我闭目塞听,保护自己。然而,在与北三病区的人共度的这些日子里,我终于睁开了双眼,能够思考疾病是怎样一回事。

"我和妈妈你们不一样。我真的,吃不进去。我的身体抵触,做不到像正常人一样。"虽然我还无法用言语完整地表达出来,但我想让父母了解我眼中的世界。

"我说不清,抱歉。不过我是在医院吃饭的过程中渐渐明白的。在家里那时候……真的对不起。"

爸爸妈妈默默注视着我,一言不发。我觉得还有许多话要说,但不知怎么开口,只好低下头。看着自己黑色运动服的布料,我突然害怕起来。我该不会是说了些奇怪的话吧?他们能接受吗?

妈妈的手掌叠放在我抱着纸袋的手上。被妈妈掌心包裹的皮肤暖暖的,与此同时,我自己的手指冷得格外明显。

"大家都在等你,早点回家吧。"

爸爸清晰的声音从我头顶传来。仿佛有一股暖意由头顶蔓延开来,流遍周身。

——他们理解我了。我说明白了。

我心中满是喜悦。仅仅因为这一件事,就让我觉得自己无所不能。

那天的晚餐是蒲烧鱼肉。我还是不喜欢油腻的食物,饭后依然胃痛,但今天的我是无敌的,所以没关系。

*   *   *

自从获准外出,除了与红野奶奶散步外,我偶尔也会独自到庭院中走走。沿着石砖步道走一段后右转,再沿着狭窄的小路前行不远,便能看到用于心理疗愈的园艺场。我喜欢坐在园艺场周围的长椅上晒太阳。

那日天气晴好,阳光照得身体表面暖洋洋的。我正侧耳倾听,享受着随风摇曳的树叶与枝干摩擦发出的沙沙声。忽然,一阵低沉的声音混了进来。怪声似乎是从石砖步道方向传来的。我循声沿着小路往回走,看到石砖步道对面的亭子里站着一个高大的男人。

我认识他。在我为妈妈制作花束时,他在谈话室里与我搭过话。那时的他,身材高大却弓着背,说话声音小,是个极为拘谨的人。此刻眼前却像换了一个人,他挺直腰板站在亭子下,下巴朝天大声叫喊着。他发出的声音像"呜"和"嗷"混杂在一起,没有换气喘息,也没有声音起伏,只是不停地呼喊,仿佛忘却了除此之外的所有行为和情感。

我悄然转身离开,沿着小路往回走。我坐在长椅上,闭上眼睛静静听。他的声音就像远处的狼嚎,在我的脑海深处回荡，有种悦耳之感。

北三病区的患者们和我彼此问候，一起用餐，聊一些无关紧要的话题，夜晚在相同的病房中入眠。<u>虽然没有什么特别之处，但不知为何，和他们在一起的日子里，我却感受到了治愈。</u>也许是因为我们都是在日常生活中受过伤、疲惫不堪的人吧。<u>病区里缓慢流淌的哀愁，在我们之间建立起了一种不可思议的联系。</u>

我深吸一口气。即便没有任何声响，也能感觉到自己的心脏在跳动。我有心脏，有嘴巴，有双手，有双脚，有身体。我觉着这般能感知自我的时刻，无比可爱。

来到这里的原因

住院二十天了。我打开会客室的门,妈妈和爸爸迎了上来。我们寒暄之际,背后传来开门声和几个人的说话声。我微微偏头窥视,负责引导的护士身后跟进来一对四十五岁左右的男女。女人穿着睡衣,应该和我一样是住院患者,不过我不认识她。

见他们在我们对面的角落坐下,我收回了视线。之前的探视时间,我未曾碰到过其他人,所以忍不住多打量了几眼,又担心长时间盯着人家不太礼貌。

我向爸爸询问家人的近况,他只简短地回了句:"没什么变化。"

每到这种时候,我都希望爸爸能好好讲讲,到底什么事情怎么没变化。就算生活一成不变,我们应该也有许多感受吧。就用这么一句"没什么"来概括,那些未被宣之于口的事情又该何去何从呢?我实在无法忍受。

我向父母讲起住院生活的点滴。虽然没有什么大事,但与患者之间的对话、日常琐事这些小话题总也说不完。过了一会儿，探视时间临近结束，我们站起身来。

"加油啊。"

"不要太勉强自己。"

我正准备回答"嗯"，突然传来一句大喝——"好不容易才住进医院，你别给我回来！"声音来自我们对面那对男女。两人面对面坐在椅子上，说话的是那个男人，他怒目而视，女人则低着头。两人之间弥漫着可怖的气氛，我们见状赶忙走出了会客室。在门前，我再次对着父母说："再见。"

"早点回家吧。"

爸爸的眼神坚定，声音也比平常更有力，大概是受刚才那件事的影响。我琢磨了一下爸爸说的话。说实话，我还不想回家，太早回去对我们双方都没有益处。很明显，我对家人来说是沉重的负担，至今仍给他们的精神和肉体带来伤害。我们应当保持一定距离。

尽管如此，我还是觉得说出"早点回家吧"的父母是无比温暖的人。正因为他们的话，我知道自己有家可回。

"嗯，谢谢。"我是非常幸福的小孩。

妈妈目不转睛地盯着并肩交谈的我和爸爸，轻声说了一句："这么一看，你俩的鼻子长得一模一样。"

以前旁人总说姐姐和爸爸长得像，我顶多有一点儿像妈妈。这可能是第一次有人说我像爸爸。

＊　　＊　　＊

　　"感觉怎么样？"傍晚，黑田医生拨开我病床的床帘，探进头来，说了句与往日不同的话，"今天我们换个地方聊聊吧。"

　　他带我去的房间与病房不在同一楼层，这里只摆着些桌椅，像会议室一样。我依照黑田医生的示意坐在座位上，他则坐在桌子对面。他先核对了带来的几份文件，而后望向我。

　　"米饭的量增加到一百三十五克后，你还有点吃不完，但这一周都吃得干干净净，很努力呀。"

　　得到黑田医生的夸赞，我很高兴，嘴角不自觉地上扬。

　　"你住院已经三周了。这段时间里，你能忍着吃下不喜欢的菜，米饭的摄入量也见长。我觉得差不多该推进到下一阶段的治疗了。从现在开始，我打算将你每天饮食的卡路里**逐步调整到一千二百至一千四百千卡**……可以吗？"

　　原本沉浸在喜悦中的心瞬间枯萎。还用问可不可以吗？我肯定是不愿意的。但我也没有骨气说"我不"。

　　"我知道这个转变对你而言很痛苦。但现在正是紧要关头，熬过这个难关，你就能突破一大壁垒。"

　　"黑田医生……如果饮食量增加，我会不会一下子长胖？"

我有好几个月都没吃够一千四百千卡了。这个领域太过陌生，我想象不出自己会变成什么样子。

"……要是我胖得不成样子，我会恨你的。"

"呃……我向你保证。"

黑田医生的眉头皱得比平时更紧，眼睛眯起来了。他为了说出长长的"……"后面那句话，明显做了一番挣扎。如果他在说谎，我倒希望他的骗人技巧更高明些。可也正是因为他那么实在，我才愿意全身心信任他。要是他为了安抚我而说些敷衍的漂亮话，估计我早就抵抗治疗，放弃进食了。

"黑田医生，我想过了。"

"什么？"

"我患上厌食症的原因。"

"你觉得是为什么？"

"是我和姐姐之间的差距让我太痛苦了。"

住院这些日子，我一直在思考自己为什么会变成这样。<u>思来想去的答案是自幼蔓延心底的灰暗记忆。</u>我害怕袒露自己小心眼、嫉妒的一面，害怕别人因此对我大失所望，但我还是想先告诉黑田医生。

"我和姐姐相差两岁，小学、初中、高中都在同一所学校就读。姐姐长得特别漂亮，性格不强势，但周围的人都很难忽视她。学校里也时常有人聊起她。姐姐擅长舞蹈和音乐，还经常在大家面前表演，就更受欢迎了。<u>每当朋友们说'你姐姐是个大美女'时，我总觉得他们是在说'你这个当妹妹的可差远了，是个丑八怪'</u>。我和姐姐兴趣相近，喜欢的衣服、社团活动都经常重合，但我讨厌被拿来与姐姐比较，于是放弃了许多东西。初三那年夏天，我突然发胖，觉得自己更丑了，非常不安。姐姐苗条漂亮，而我又胖又难看。我就想，长相改变不了，至少瘦下来……会好一点吧……"

或许这些事在旁人看来微不足道。我的容貌本就不值得一提，是我过于在意了，这才是正解。但对我而言，这件事沉重到足以主宰我的一切。

"我没觉得你的长相需要你那么在意……"

"我和姐姐不一样。光是站在那儿，我们的价值就截然不同。"

我像是要盖过黑田医生的声音一般，再次重复道。黑田医生陷入了沉思，他沉默片刻后，微笑着说："谢谢你愿意与我分享这些。"

* * *

在返回北三病区的路上，我的心情难以名状。心里轻飘飘的，又自觉身体沉重，十分矛盾。黑田医生认真听我说话，还鼓励我。我终于把心里的话说出来了，稍有成就感，但也有点失望。我本以为说出来就会有什么改变，就比如我的厌食症一夜之间痊愈那样的革命性转变。但是，什么都没变。

回到病房，红野奶奶在窗边。我走上前，她转过身来轻轻抚摸我的头。她这样做过好多次，起初我还惊讶，如今也习惯了。

从第一次见到红野奶奶起，我就能从她身上看到我奶奶的影子，尽管她们的长相和身量毫无相似之处。她肯定也是将我看成自己的孙辈了吧。我们就这样，将对方当作远方的某个人，彼此治愈。

我的注意力转移到头顶，她的手太过温暖，让我莫名地想哭。

我从庭院散步回来，恰好碰上从北三病区入口处出来的雨宫。

"您这是要出门吗？"

一问得知他是要去买点心。

"你散步回来了？"

"嗯，只是在庭院里坐一会儿，发发呆，会觉得心里特别平静。"

"这家医院的院子确实不错，在这儿吹奏萨克斯肯定很惬意。"

"萨克斯？"这个突然出现的名词让我的大脑瞬间空白，"萨克斯……是乐器吗？"

"对，对。我之前是乐器老师。"

"好厉害！您教的是萨克斯吗？"

"我的工作主要是教钢琴。我有几个学生，根据他们的需求教他们弹各种曲子。"

聊起音乐，雨宫一改平日的沉稳模样，透露出一股兴奋劲儿。在教室里的雨宫先生肯定是位热情洋溢的老师。

"住院后我就一直没碰乐器，经常手痒，特别想弹。"

"真想听您演奏！要是能在庭院举办一场演奏会，那该多棒啊！大家都会很开心的。"

我的胡思乱想不着边际，雨宫先生有些不好意思地说"谢谢啦"。

"我住院之前……经历了许多不顺心的事，精神状态不稳定。我特别不安，根本没法安静地待着，总是不停地走来走去。走啊走啊……慢慢地睡眠和饮食都出问题了，可我还是停不下来，等发现的时候，体重已经轻了十五公斤，所以才来这里住院。"雨宫先生轻描淡写地说着，眼睛呆呆地望着远处的地面，没有和我对视。

"但是看到你的样子……我觉得……我也要加油了。还有学生在等着我，所以我想出了院回去工作。为此我得先把体力养起来，现在正努力让自己长胖点儿。"雨宫轻声笑了笑，"不好意思突然跟你说这些。"对我来说，雨宫是我从刚住院起就一起吃饭的熟人。他平时不太主动找话题，大多数时候是附和别人聊天或者微笑。这还是我第一次听他讲述自己的过往。平日里总是温柔稳重的雨宫，也是带着自己的苦楚来到这里，现在正在奋力挣扎。

"我也是。我正在慢慢增加……自己的食量。毕竟要活下去，得有体力。"

"确实是。为了长胖些，除了医院的营养餐，还得吃点其他的。我去多买些点心和咖啡牛奶回来。"

"又是咖啡牛奶？！您这么喜欢喝呀。"

"嗯，我喜欢。甜滋滋的，卡路里又高，我每天都要喝。"

原来那一大袋子咖啡牛奶是他努力抗争的方式。一想到雨宫把那么多咖啡牛奶摆在床边，拼命喝下去的样子，还有点好笑。

"那我先走了。"雨宫轻轻抬手，走进电梯。电梯门很快关闭，他的身影消失在银色的门后。电梯的指示灯停在"一层"不动了，我仍站在原地目送。

救世主

住院第二十四天，我被黑田医生突如其来的话惊到了。

"**暂时回家？**"我不懂这句话的含义，跟着重复了一遍。

"每到年末岁初的时候，我们都会请部分患者暂时回家。"

让我回家？在现在这种状态下？

面对出乎意料的情况，我的思维转不过弯。之前黑田医生说过"**等你能吃够一千六百千卡就可以出院了**"，我现在的饮食摄入量尚未达标，一直以为离回家还早。

"这对你来说，说不定是个好机会。回家生活一小段时间，让身心适应适应，等真正出院的时候就不会那么不安了。"

"您说年末，是从什么时候开始呢？"

"具体时间还没有确定，预计一周后。"

"要……要回去多久？"

"大概一周吧。我会和你父母说清楚的，放心。"

"……我知道了。"我点了点头。我不想说任性的话，给黑田医生添麻烦。

于是，暂时回家的事就这么定下了。

"暂时回家"，这四个字如此沉重。我本打算等厌食症完全康复后再回家。虽然我也想象不出完全康复是什么状态，但至少应该消除对饮食的厌恶感。无论如何我都不认为接下来的一周内自己能突破这一关。

说实话，<u>我现在能正常进食，营养餐起了很大的作用</u>。同样是吃饭，"营养餐"和"家常饭"对我来说意义截然不同。

营养餐是治疗的一环，有黑田医生和柏木护士的倾力帮助，我还容易说服自己吃下去。然而家常饭等同<u>犯下吃饭重罪</u>。在我住院期间，这种想法虽有所淡化，但仍深深扎根于心底。

以我现在的状态回家，一旦我抗拒妈妈做的饭菜……若只是暂时不想吃也就算了，万一又回到以前那种独自在房间里抱着膝盖、满脑都是自责声的状态，连医院的营养餐都吃不下去了，我还能有勇气重新振作起来吗？

未来可能出现的糟糕场景在我脑海里循环放映，我什么都做不了。沉重的不安在肺部周围翻搅，从脖颈到胸口，一路抓挠着我。我想对黑田医生和柏木护士倾诉情绪来消除内心的不安。住院以来，我多次靠这种方式保护自己。但是出院后，就不能和他们两人频繁交流了。

人的不安是无穷无尽的。当一种不安消散时，其他的不安必然会接踵而至。难道我每次感到不安，都要去寻找可以依靠的人，一直掩饰自己的不安过一辈子吗？

我从床上起身，从柜子里拿出日记本，在日期下方写下"约定"二字，然后另起一行继续写："不要把不安告诉别人。自己承受烦恼。"

就像黑田医生说的，这或许是个好机会。就算向别人倾诉能让自己好受些，但现实不会改变。距离回家还有一周左右，我要试着靠自己的力量面对不安。如果再这么依赖别人，我一生都战胜不了厌食症。

从这天起的一周里，我连在日记里都不允许自己吐露不安。第四天，我在日记中写"我对自己太宽容了"。最后一天，我写下的只有"好害怕"。

*　　*　　*

回到久违的家，宽敞的院子、玄关的布局还有家里的气味，都和记忆中一模一样。

"欢迎回来。"

奶奶来到玄关迎接我。我回应一句"我回来了"，奶奶笑了。看到奶奶为我回家而高兴，我的心里踏实了些。

走进客厅，爷爷和姐姐坐在房间中央的被炉旁。我淡淡地向他们打了声招呼。罪恶感依然隐隐抽痛，烦闷得很，我无法直视他们的脸。

为了不让在医院的治疗成果付诸东流，我需要尽量保持情绪稳定。为避免受到刺激，我一个人在自己的房间里吃饭，和家人交流时也小心翼翼。不知道是不是这些做法奏效了，日子过得还算顺利，没有出什么大问题。

回家的最后一晚，我站在房间前的走廊上，望着外面的景色。窗外几乎被黑暗笼罩，只有远处山峦的表面浮现出群青色。

"在那儿站着多冷啊。"

走廊尽头传来声音，抬头一看，爸爸朝我走来。

"明天就要回医院了吧？回家这几天，有没有稍微放松一些？"

"嗯。谢谢。"

"是吗，我会再去医院看你的。"

"嗯。"

走廊的地板老旧，嘎吱作响，穿着拖鞋走在上面也很冷，脚趾都冻僵了。

"爸爸，我以后还能再回家吗？"

每吃完一顿饭，我都担心下一次还能否保持和这次一样的心情。我总是害怕,害怕有一天彻底陷入对食物的厌恶无法自拔。这一瞬间,我无法对任何人说我的心不会改变。我不是有意患上厌食症的,是它不知不觉缠上了我。我无法保证同样的瞬间不会再次来临。至少现在,我做不出这样的保证。

"<u>你的病,爸爸会帮你治。</u>"爸爸突然抓住我的双肩说。我的视线从窗外转移到爸爸的脸上,他直直地看着我,"没事的,啊。"

我没有回答,只是一味地哭泣。我就站在那里,任由泪水肆意流淌,也不去擦拭。爸爸非常担心我,他是真心想要治好我的病才这么说的,我很欣慰,可欣慰之余是悲伤。

难道事实还不够残酷吗?爸爸明明是为我着想,可我们的立场却如此不同。关于我的病情,爸爸并不想弄清原委。他忽略了我的处境和心情,直接跳到了这句安慰。在探视那天,我向父母解释厌食症,还以为把自己想说的都说明白了。可那天换来的回应,还是这句话吗?

我们还是没能理解彼此……

事实让我悲伤不已,泪水止不住地流。

哭着哭着,我意识到自己还有另一种悲伤:我的心底某处也希望有人能对我说这句话。我期待有人像漫画里的救世主一样,帮我想想办法,替我背负这悲伤的地狱。

然而,真的听到这句话时,却只剩下"不可能"的事实。

残酷得不留余地。我是多么依赖他人啊。就算有人说出我想听的话也无济于事,没有人拯救我,我生活的世界也不会改变。我能依靠的,只有自己。

唉,为什么,在为温柔的话语感到喜悦之前,我就先感受到了悲伤?我多想傻傻地高兴一会儿,哪怕只是一会儿。

我用手擦了擦眼泪,看着泪光中的爸爸说:"爸爸,我会努力的。"

"爸爸等你,早点回家。"

<u>只有我自己才能让自己重新站起来。我要回家。家里还有牵挂我的人。我要回去,靠自己的力量。</u>

* * *

我跟在护士身后,穿过北三病区的白色大门,将行李放在自己的床上后立刻去了谈话室。谈话室里已经聚集了不少患者。我常坐的那张桌子旁,除我以外的其他成员都到齐了。

"新年快乐!"

患者们互相致以新年祝福,他们的样子看起来和我回家前没有什么不同。大家都面带微笑,但每个人的背后有怎样的故事,我并不清楚。

新的一年,我培养了一个新习惯。我带着日记本去食堂,记录自己的饮食情况。每一道菜,我都详细记录食材的种类和数量。由于是饭前匆忙记录的,所以插图的笔触都像涂鸦。我在插图旁边用潦草的笔迹写下简短的话语。

"吃这么多也没问题!""量好多……""我还能继续。"

这是我为未来的自己记下的菜单。<u>即使有一天我被情绪的浪潮吞噬,失去了在医院取得的进步,但只要这些证据还在,证明我的身体能吃下这么多食物,或许我还能恢复过来。</u>

吃饭就是活着

新年伊始,北三病区住进了一名新患者。在护士的引领下步入食堂的,是一名二十岁出头的女孩。和北三病区患者的平均年龄比起来,她太年轻了,可能只比我大一点。

"我姓草刈,请多多关照。"

她的声音有力,望向我们的眼神坚定坦然。在这个病区里,她这样的人实属少见。

草刈做完自我介绍,径直朝着我们这桌走来:"我可以和你们一起吃吗?"草刈说着露出微笑。我们被她突然的举动搞得有点措手不及,但还是回应"欢迎",请她在空座坐下。草刈在我旁边隔了一个位置的椅子上坐下。

我们各自做了简单的自我介绍,可能是许久未和年龄相仿的人聊天了,我莫名地紧张起来,连话都说不利索。

恰如初次见面时给我们的印象那样,草刈是个外向的人,三言两语便能将气氛炒热。和刚认识的人同桌用餐气氛难免尴尬,而草刈却让氛围瞬间回暖。

交谈间,草刈冷不丁地说:"我得的是进食障碍。"

这话仿佛一道惊雷，震得我差点以为时间瞬间静止了。草刈才刚和我们认识，还在食堂这种其他患者都能听到的地方，就这么突然公开了自己的病名。而且，她得的还是与我同样的病。

"我之前出院过一次，但是复发了。我下定决心这次要彻底治好才又住院的。"草刈依旧开朗地说着。红野奶奶他们虽有些不解，但还是对她说"加油啊"。我什么也说不出来，只能挤出意味不明的笑容。

草刈说了声"谢谢"，餐桌上的空气马上顺畅地流转。我悄悄瞥了一眼草刈。

她身形纤细，但手脚与躯干很结实，不是那种形销骨立的瘦。吃饭的方式也是，她既不会在食物入口前犹犹豫豫，也不纠结自己要吃什么。不管怎么说，她进食的样子非常自然。至少在我看来是这样。

过了一会儿，草刈用完餐，起身微笑着问我们："往后也能和大家一起吃饭吗？"

大家自然是答应了。但说实话，我不太乐意让草刈加入我们一起吃饭的队伍。当草刈说出病名的那一刻，我心底萌生的并非战友情，而是敌对心。我觉得自己必须要比"患有进食障碍的草刈"更瘦才行。很显然，一旦日后一同用餐，我会非常在意她的饮食情况。

* * *

"你知道吗……"在谈话室里休息时,一名患者来问我。话音刚落,我立刻往自己的病房走去。

"红野奶奶,您真的要出院了吗?"

站在窗边的红野奶奶闻声转过头来。我仍难以置信。红野奶奶是我住院后见到的第一名患者,她一直在最近的地方守护着我,就如同我的第二个亲奶奶。刹那间,寂寞在胸中升腾,催我发问。

"是啊。这周我就要出院了,之后打算在家里慢慢休养。"

红野奶奶说话时,脸上洋溢着喜悦,我一时语塞。有人在等着红野奶奶回家。我的话到了嘴边只得改口:"恭喜您。您能康复真是太好了。"

"谢谢。"

红野奶奶满心都是即将回家的喜悦以及对未来的期待。她就要从这里离开了——对她而言,没有什么事比这更幸福了。

几天后,迎来了红野奶奶出院的日子。她抱着一大包行李,平日里一起吃饭的成员纷纷围在她身边道别。我说了好多遍感谢的话。红野奶奶只是乐呵呵地微笑着,对大家说"谢谢"。

"红野奶奶,再见了。多保重!"

红野奶奶最后朝我们轻轻挥了挥手,护士牵着她走出白色的大门。门迅速关闭,周遭瞬间安静下来。

众人很快散去,我回到自己的病房。对面红野奶奶的床位上,床帘、床垫等都已收走,只剩一副金属骨架。我盯着空空荡荡的床位看了好一会儿,不禁想去庭院走走。

身体不自觉地踏上了每天清早与红野奶奶一同走过的散步道。我在石砖步道的尽头左转,顺着围墙走在草坪小径上,经过每每中途折返的地方继续向前,来到医院外围的白色栅栏处。

我伸手搭上金属栅栏,把脸贴在栅栏格子间,窥探格子外的四方世界。栅栏外是马路,我看到几辆车驶过。明明正值寒冬,可是在离水泥地几十厘米高的地方,空气好像蜃景一样微微颤动。

道路两旁有几栋住宅。如果其中一扇窗户后面有人望向这边,会怎么看我呢?附近的居民应该都知道这里是什么地方,说不定会以为我是妄图越狱出逃的人。

住院之后,我自己都讶异,竟然从未想起过外面的世界,也没有为失去娱乐活动感到可惜。朋友，甚至家人，在我心里的存在感都很淡薄。这一方栅栏环绕的天地赋予了我某种满足。也许活了这十六年，我还是第一次获得这种满足。

我从栅栏上收回手，转过身来。眼前是树木与运动场，再往里是白色的门诊大楼与住院部大楼。我沿着来时的路快步折返。

* * *

年后回到医院大约过了三天，我的营养餐量增加了。配菜和汤与以往一样，是正常量的二分之一，**但米饭与主菜的分量已与其他患者一致。**

终于，我正式开始**按照一千四百千卡的目标进食**。因为回家了一段时间，我的体重似有减轻，黑田医生略显焦急。

主菜的卡路里高、分量大，最让我抗拒。要吃完主菜已经够难受了，更不妙的是，我现在可以和其他患者的饮食作比较。

<u>如果觉得自己的餐盘里盛的量比较多，或者看到别人剩饭，我就觉得很不公平。一旦"自己比别人吃得多"这个事实明白地摆在眼前，对自己进食素来就有的罪恶感便进一步膨胀，这让我焦虑不已。</u>

雨宫和草刈食欲不佳加剧了我的焦虑。他们二人近来剩饭的次数越来越多。他们以前从没有这样，可能是有什么隐情。不，他人如何吃饭本就是个人自由，我无权置喙。可每当我花了很长时间与食物斗争，看到一旁的他们就那么把饭剩下，起身离开时，我的心底便抑制不住地响起"另一个我"责备他们的声音。

这种焦虑与心底的"声音"猛烈到让我头痛，强自将它压抑下去耗费了大量体力。

从家回到医院的第五天，主菜是奶汁焗菜。我盯着它，之前因为这道菜束手无策地哭泣的记忆复苏了。当时，我只吃下去几勺。奶汁焗菜这种东西我连看都不想看到，如今主菜的量还翻倍了，简直倒霉透顶。

正要开始吃，过去那种强烈的厌恶感划过脑海，我又放下了勺子。想凭借自己的力量出院回家，就必须克服心理阴影。现在的我确实比以前能多吃一些，但能否"吃光"就另当别论了。

于我而言，<u>盘中的食物"剩了一点"和"一点没剩"是天壤之别</u>。虽说二者的热量仅相差几十千卡，可饭后袭来的后悔与不安是全然不同的量级。<u>我害怕因违背减肥使命、完全没有为减肥付出努力而反复遭受责备，要消除这种恐惧，选择"光盘"，需要莫大的觉悟。</u>

"只把奶酪剩下行吗?""我"的声音突然响起,"只把卡路里高的食物剩下吧。你就说'因为不喜欢奶酪所以吃不下去',这借口多完美啊?"

"我"总是这样,低声诉说逃避不安的狡猾伎俩。

"我发誓要靠自己的力量站起来,这样……好像在逃避,不好。"

"你说什么呢?我又不是让你别吃了,只是剩一点儿而已。只是这样,也能证明你成长了。别人也会夸你很努力的。"

"不行,这会成为我逃避的证据,一生伴随我。"我拿起勺子,舀了一勺奶汁焗菜放入口中。

"可以吗?要是全吃光……会胖的。"

我又吃了一口。

"胖了你会后悔莫及的,一定会。"

"一次次地靠剩点儿饭菜以求安心……我还能战胜疾病吗?继续这样下去,可能会成为我未来的绊脚石。"

"你明明比谁都想逃离吃完饭后的不安。很害怕吧?又要在床上一直焦虑不安吗?今天的不安比以往更强烈,你很害怕对不对?"

"住口!别害我焦虑。"

"那就剩一点儿如何?"

我放下勺子:"到底什么才是正确的?怎么选才对?"

"你问我什么是正确的?我哪知道啊。不过,不吃饭确实能减少不安。"

"……别蛊惑我。就算是'你',也想治好病吧?"

"说到底,凭什么就我不能剩饭?雨宫和草刈不也剩饭吗?大家都这样。别傻愣愣的太老实,灵活点儿就好了。"

我又一次拿起勺子,舀起焗菜大口吃下:"不行。今天我……不能吃剩。"

"你想得太多了,下次再吃完不也一样吗?"

"不一样。此时,此地,吃完这道菜就有意义。"

"没什么意义。这只是一日三餐中微不足道的一餐。就这一次努力能有什么用?今天吃了,明天还得痛苦,周而复始!人不会轻易改变,想想也知道吧?"

"今天,我要吃光给我留下心理阴影的奶汁焗菜。我到现在还为这么点事烦恼,太丢人了。不过既然我经历了这么多事情,我可以选择不一样的结局。"

"就算你吃完了,明天还不是照样面对地狱?"

"即便如此,我也要吃。无论多少次,我都要尝试。我盼着这一次能发生改变,成为最后一次……除此之外,我没有别的办法。"

"真是个傻瓜。"

"吵死了。"

这是世上最无谓的争论，就为了一盘奶汁焗菜是吃光还是剩下，旁人听了可能都会发笑。但是对于"患有厌食症的我"来说，这就是世界的中心。我当然不是生来如此，而是从某个节点开始慢慢被侵蚀，不知不觉间，我在乎的东西都变了。长久以来，我一点点觉悟，矛盾拉扯，反复重组。

　　今天的内心矛盾，以我的胜利告终。看着空空如也的餐盘，我却没有胜利的喜悦。只留下微小的成就感、巨大的疲惫，以及未曾料到的真实感。在这里，我为了活下去不得不进食。每天都必须做这么恐怖的事，我觉得这不正常。

　　然而，就在我犹豫数次终于还是吃下了奶汁焗菜时，我心底突然落下一个念头：或许，吃饭本身，就是活着。

　　这念头兴许明日便会消散，但如果它会应验，我一生都不想忘记。

＊　　＊　　＊

　　几天之后的一次晚餐，我将米饭吃完，汤也都喝了，只剩下可乐饼。可乐饼是主菜，所以个头巨大。雨宫和草刈一如往常，餐盘里还剩着食物便离席而去。"我"在耳边低语："他们两个是在抢着减肥吧？"我极力想让她闭嘴，一番挣扎下来，疲惫不堪。

餐桌上只剩下桃井和我。我焦虑难耐，对身旁的桃井发起牢骚："这可乐饼……也太大了。"

"是吗？"桃井若无其事地说。她大口吃着可乐饼，看起来非常幸福，我忍不住开口："那个，我能问个奇怪的问题吗？"

"奇怪的问题？什么呀？"

"您觉得这个可乐饼的大小……算正常吗？"

"这个？嗯，挺正常的呀。我甚至觉得还可以再大一点呢。"

"那今天晚餐的分量呢？您也觉得正常吗？"

"嗯。"

"那三餐呢？一天三顿都按照医院营养餐的量吃呢？大家普遍都能吃这么多吗？"

"嗯，应该差不多吧。"

"这样啊……那您会吃点心之类的吗？"

"嗯，有时我会想吃些甜食。"

"都吃些什么呢？"

"蛋糕之类的。我爱吃蛋糕。"

"果汁呢？您喝吗？"

"嗯，我喜欢红茶，偶尔会买来喝。"

"那如果……吃完三餐还想吃别的东西，这会不会很奇怪?"

"不奇怪啊。至少我经常这样。"

"您不会在意卡路里吗?"

"也会在意。不过,如果真的想吃,还是会吃。"

不管我问什么问题,桃井都没有说"为什么要问这个?"。她声音温柔,认真地一一作答。

"不好意思,问了这些奇怪的问题。"

"没有呀,一点也不奇怪。"桃井眯起眼微笑。直到将疑惑问出口,我才发现自己对这些事如此不安。

自从决定在北三病区和其他人一起用餐,桃井吃饭的模样拯救过我许多次。我学着她自然进食的样子吃下去了许多菜肴,也从我们之间的差异中察觉到自己在饮食认知上的偏差。桃井总是坐在餐桌前,即便我的状态有些奇怪,她对待我的态度也始终如一。就像现在,她没有打断我,只是笑着肯定。

"……桃井姐姐……我吃东西的时候好难受……"一直深藏心底的想法,就这么说了出来,"自从我开始吃不下东西……我都不知道自己以前是怎么吃饭的了……"

"嗯。"

"桃井姐姐,真的,真的……谢谢你……"我想尽全力表达此刻无限的安心,以及对给予我这份安心的她的深深感激,但是道不出这份情感的万分之一。谢谢,谢谢,说再多遍都不够。

之后,我们一边聊天一边用餐。原本觉得量大得离谱又油腻的可乐饼,奇妙地从盘中消失了。

"医院附近的街上,有一家我特别推荐的蛋糕店,那家的蛋糕超级好吃。"

"好吃的……蛋糕吗……有机会的话……我也想吃……"

我总是刻意避开"想吃"这个词。因为我觉得表现出自己对吃的欲望是不可饶恕的罪孽。然而,此刻却自然而然地脱口而出。

这一小段时间很愉快。这种感觉与完成吃饭任务的安心截然不同。吃饭的意义,远不止是将盘中的东西塞进口中。

这样的感觉已暌违数月。我还以为这辈子可能都不会再有了。和桃井一起吃的可乐饼,香甜、温热、酥脆,确实十分美味。咽下之后,肚子里暖乎乎的。以往我每吃一口东西,心里想的不是卡路里,就是对于该吃什么的纠结,要不就是后悔,脑中不停胡思乱想,最后只留下疲惫。原来,吃饭并不使人疲惫,而是带来治愈。

桃井笑,我也笑了。假如我没有得厌食症,或许未来会与桃井一起去吃美味的蛋糕。不过,若非因为厌食症住进这家医院，我们本不会相遇。

"桃井姐姐，这个可乐饼好好吃。"

"是啊。"

我慢慢吃完了可乐饼，想要尽可能久地品味这段美好的时光。这是我住院以来，第一次吃到一顿希望永不结束的饭。

夜晚，我翻开日记本。为了不让今天的感受消逝，我用了五页纸，尽可能详尽地记录下来。

<u>其他人吃饭的时候是真的"开心"。</u>直到亲身体验到这种心境，我才终于肯认可。因为存在超越了卡路里和肥胖恐惧的东西，他们不纠结吃什么、吃多少，而是随心而动。

或许是我之前过度关注别人的饮食和卡路里，忽略了太多东西。

食物的美味，交谈的愉悦，有更多东西需要留意。<u>卡路里终究只是数字，而吃饭不是数字。肚子饿了就可以吃，吃什么、吃多少，都能自己做主。喜欢的东西就说喜欢，想吃的东西就说想吃，有何不可？不必再遵循"我"定下的规则，对吃东西抱有罪恶感。我也可以幸福地进食。</u>

刚确诊厌食症时，我难以置信。可在我接受这个事实后，这个病名反倒成了束缚自己的枷锁。<u>因为我有厌食症——</u>不知不觉间，我在这个框架里思考自己的一切，下意识地约束

<u>自己的行动不逾越这个框架。</u>

选择不该被硬性的规定禁锢。自主做出的选择才有意义。我不想再自我束缚了。

我要珍惜与北三病区的人一起用餐的时光,他们教会了我许多。我希望在出院之前能多吃几次这样"开心"的饭。

走出大门的日子

"你出院的日子定在一月十八日哦。"黑田医生傍晚与我面谈时说道。

距离通知的出院日已不到一周,我的内心不悲不喜。只是,"出院"这个词让我的胸口隐隐作痛。

"出院后治疗也还没结束。接下来你要在家调养,每周来医院复诊一次。我们会一如既往地支持你,放心吧。出院前,你要努力增重。"

"好的,我会努力的。"或许是痛感让我心里没底,我木然回应。

午饭后,我翻开课本想要学习,心却静不下来,于是去了庭院。

我的目光追随着空中飘动的云朵,不知不觉走上了平时常走的小路。沿着石砖步道前行,我发现运动场上有个人影。

那人像体育长跑选手一样,在运动场上绕圈跑步。是谁在训练吗?我沿路向前走,那个身影慢慢变大。看清是草刈时,我停下了脚步。

看着草刈奔跑的背影,我洞悉了她的心思。她在饭后对长胖极度恐惧。这是为逃避恐惧、让自己安心而进行的消耗行为[1]。一旦开了头,就再难停歇。每顿饭后不运动就不踏实,运动量与日俱增,满心只想着如何增加卡路里消耗。

草刈绕着周长约四百米的圆,一圈又一圈地奔跑着。她摆动双臂,在没有终点的圆上不断循环,不知跑了多少圈。我从步履不停的她身上移开目光,沿着来时的路返回。我深知,必须赶快回到北三病区,在被她的圆圈禁锢之前逃离。

* * *

"感觉怎么样?"黑田医生从床帘的缝隙间探进头来。

"黑田医生,晚上好。"

"明天就要出院了,你有什么担心的吗?"

"还是有一些顾虑的。"

明天,我就要出院了。行李已收拾得七七八八,原本就乏味的床铺此刻更显得空荡无趣。一想到明天自己也要从这里消失,一种难以言喻的情感在心底堆积。

"你在担心什么?"

---

[1] 指害怕摄入卡路里和长胖,受"必须运动"的执念束缚而过度地运动。更有甚者会采取排泄行为,如服用泻药或催吐。

"呃,我很担心……妈妈做的饭菜。虽然她会考虑营养均衡搭配,但饭菜的量和卡路里不清不楚……那还有意义吗?每天都不知道会吃到什么菜,也让我特别不安。"

出院前消除饮食厌恶感的目标最终还是没能达到。要彻底忘记厌恶,需要更长的时间。不过我已经能回想起许多与食物相关的情感。<u>譬如"快乐",譬如"美味",都已存在于我的身体里。</u>

"我觉得能在这里住院真好。就算出院了,我也会为了能正常吃饭继续努力……但是,想变瘦的想法还是没有消失。想吃东西,也想变瘦,两种想法都是真实存在的。无论选择哪一个,都是苦乐参半。到现在为止,吃饭的标准都是您和柏木护士教给我的。我自己什么都不懂。住院期间,我从来没有感觉到饿,也不知道什么是饱腹感。黑田医生,我该怎样才能不忘记在这里的感受?又该依据什么进食呢?我毫无头绪,特别不安。"

"<u>全部吃光。</u>"

不知为何,这一刻黑田医生说的每一个字都异常清晰。平时听到的话,总会受到自身的思考、对方的动作以及周围环境的影响,模模糊糊地传入耳中。但此时此刻,我感觉和周围的世界隔绝了,话语的轮廓惊人地分明,闯进我的身体里。

"<u>吃着吃着,肯定会有变化的。</u>出院之后,也许会遇到没经历过的事,也会有不明白的地方。如果有什么让你不安的,记得告诉我……提前恭喜你出院。今后,我们也一起努力。"

"今后也请您费心了。"我用力握住黑田医生伸出的手。

黑田医生离开后,我收到了社团同学发来的短信,没有正文,只附了一张照片。在我还能参加社团活动的时候,我们每天都去社团活动室。照片以活动室为背景,几名穿着校服的同学手中拿着白纸——那校服如今让我有些怀念——纸上写着"我们等你"。

看到照片的瞬间,我受到了猛烈的冲击,就像心灵窗户的玻璃被球击穿。透明的泪珠砸在手机屏幕上,四散开来,就像飞溅的玻璃碎片。那颗击中玻璃的球,是命运。"他人"迅猛地闯入我的世界,将我独自蜷缩在此处的事实拖拽出来。

<u>一直以来,我满脑子想的都是自己吃饭的事。</u>为了自己选择不吃,接着在这里又为了自己选择吃。我总是只考虑自己,我的世界里只有我自己。

这就是厌食症吗?<u>厌食症使人孤独。对食物的所有想法都局限在自己一个人的狭小范围内,这样的想法充斥内心,只能站在这个视角上看问题。凡超出该视角的事物,都被视为"恶",被排除在外。视角日益狭窄,拒绝的范围越来越大。当周围全是恶时,最终便只剩下自己一人。</u>到那时,生

命肯定也走到尽头了。

我注意到了雨宫的无精打采,却只在心里谴责他没有食欲,连一句关心的话都没有说。红野奶奶送的点心,我也一口都没有吃。我依然无法打破自己对食物筑起的堡垒。"他人"在我心中是威胁自己的存在,这种想法依然无法消除。我到底在害怕什么呢?是害怕变胖,还是害怕被人逼着进食?

我希望能打破自己定下的规则,站在对自己重要的人身边。

我必须下定决心,必须深深铭记心底。就如同曾经深信自己偏颇的视角一样,现在我要从信任"自己"转变成相信"他人"。黑田医生、柏木护士、北三病区的患者们、我的家人还有朋友们,他们都是和善的人。所以,我要相信他们,回应他们的善意。

* * *

出院那天,从早上开始就有许多人向我打招呼。听到一声声"恭喜",我莫名地有些不好意思,只能说"谢谢"。

吃完午餐,我在谈话室休息。和我一起吃饭的成员们本已离席,后来又回来了。我有些诧异地环顾他们的面庞。这时,草刈将一个包装精美的粉红色袋子递到我面前。

"祝贺你出院。我把你当成我的亲妹妹。看到你拼命努力吃饭的样子，我也受到了鼓舞。谢谢！"

面对突如其来的一幕，我还没来得及做出反应，桃井也递过来一个系着缎带的小盒子："衷心恭喜你出院。我也准备了礼物。"

直到这时，我才回过神来，可以动弹了："这怎么好……对不起，我没有能回赠你们的。"

"你不用在意回礼，你能收下，我们就很高兴了。"

"……谢谢。我真的很开心。我会好好珍惜的。"

我小心翼翼地将两人的礼物抱在胸前，生怕弄坏了。被挡在她们身后的雨宫递给我一张名片："这是我工作地方的名片。如果以后你到附近，随时可以来找我玩……恭喜你出院，多保重。"

名片纸是纯白的，上面用黑色宋体字印着音乐教室的名称和联系方式。这种简洁质朴的风格与雨宫很契合。

"好的。您也要保重，注意身体。"

当时收到的礼物，有一部分我留存至今。

大家聊了一会儿往事后，谈话室里只剩下桃井和我。

"茶凉了。"桃井说着，帮我又续了一杯茶。白色水汽在我们之间袅袅升起。周围还有许多空位，我们却自然而然地坐在了平时吃饭的位置上。她喝了一口茶，从和往常一样的角度看着我说道："大家都陆续出院了……这是好事，但我心里空落落的。"

"我也是，在这里生活了两个月，真不敢相信明天起就见不到大家了。"

"不说伤情的话了，我也要努力，争取早点出院！"桃井说完，笑了一下，随后陷入了沉默，盯着双手捧着的茶杯里的水面。

"……再休息一阵子，我也要出院了。我啊，是厌倦了职场中的人际关系……所以才来到这里的。我很害怕离开这里重新回到社会和职场中……也许还要花上一些时间，但我相信，总有一天我一定能离开这里。"

茶杯中圆形的水面没有被风吹动，反射出从谈话室窗户洒进来的光线。我将目光投向窗外，停车场里树上的叶子轻轻晃动。

"我也会努力不再回到这里来的。下次见面，如果还是在北三病区的话，可就不太好说了。"

"我也不想，那样咱们都挺尴尬的。"

"是啊。下次见面，还是在医院外面吧。"

不知何时起，桃井也望向了窗外的景色。我拿过桌上的茶杯，喝了一口茶，从嘴到食道形成了一条温暖的通道。我轻轻呼出的一口气融入谈话室的空气中，马上消散不见。

在北三病区生活的每一天，就像坐在密室里的大沙发上。那沙发足够宽敞，所有患者都能找到地方坐下，还有空余。红野奶奶端正跪坐，桃井跷二郎腿，雨宫仰面平躺，草刈抱膝坐着……其他人也都以各自喜欢的方式放松着。这个房间里没有人说话，安静到几乎能听见自己的心跳声。

我深陷在沙发里，闭着眼睛。忽而，沙发柔软的质地传来轻微晃动，也许是有人翻了个身；忽而，我的右臂感到一阵风拂过，也许是有人伸手去拿什么东西；忽而，我的后背涌起暖意。背上并没有重量，只是周围的空气一点点地暖和起来，我能感觉到有人在附近呼吸。

<u>没有鼓励的话语，没有身体的接触，仅仅是有人在身边，我就能感受到他们的体温，借这股热气温暖起来。人就是这样的生物啊。至少，我是这样被治愈的。</u>

"美晴同学，到时间了。"

护士来接我了。我提着收拾好的运动背包，走到白色的门前，平时一起用餐的成员都聚在那里为我送行。我花了一些时间，逐一端详伫立一旁的每个人的面容。

说"再见"的时候，我可能在哭，也可能在笑，记不清了。

"再见，多保重。"

大家都在挥手，我也挥手回应："真的非常感谢大家。"

虽然我不知道自己今后会变成什么样子，但应该不会再回到这里了。我莫名地相信着。所以，这次是最后一次了。再见了，我再也不会和这些温柔善良的人见面。这是一件既悲伤又美好的事情。我们在这个地方一起生活是有意义的。我们在回忆中才能互相美化，彼此支持。因为现实往往残酷，总使人失望。

如果还有机会相遇，就像走在街上偶然擦肩一样，那得靠神明心血来潮的眷顾了。

我转过身，跟在护士身后。白色的门扇轻易开启，我的左脚跨过交界线，落在地上。原来，包围着我们的屏障是如此脆弱。那锁一定是从里面锁上的，只有自己才能打开。

我回头望去，白色大门已然关闭。

我再次轻声呢喃"再见，谢谢"，乘上了电梯。

专栏｜厌食症的典型行为

· 过量活动

"过量活动"指在身体极度消瘦、弱不禁风的状态下，仍持续不停活动以消耗卡路里的行为。《进食障碍——身体代为承受的心灵之痛》的作者深井善光认为，过量活动的根源在于"'想去寻找食物'的本能"（深井 2018，第 60 页）。坚决拒绝进食的患者并非毫无食欲，但他们会采取进食以外的方法满足食欲。

当饥饿到极限时，大脑会自我麻痹，使人感知不到紧张和疲倦地活动。书中指出，厌食症患者走来走去寻找食物、做饭、让家人替自己吃饭等，都是受本能驱使的行为。实际上真到自己吃的时候，他们又担心发胖，最多吃一口。

> 我就把家里收到的传单上的食物照片收集起来，躲在自己的房间里看。

（本书第 15 页）

·认知扭曲

"体象障碍"是<u>一种心理病症,表现为"即便已经极度消瘦,仍觉得自己很胖"</u>。还有些患者只觉得自己身体的特定部位肥胖。

> 当我照镜子审视自己的身体时,我从来没有觉得自己瘦过。

(本书第10页)

稻沼邦夫在《儿童进食障碍的实证研究》一书中提到,<u>有人仅仅吃了一口平时戒食的食物,就感觉自己变胖了。</u>

> (饭后)我怀疑体重一下子增加了几十公斤,每呼吸一秒,体重都在不断上升,不安的情绪席卷而来。

(本书第50页)

稻沼老师指出,患者还会出现<u>认知迟钝</u>,无法通过目测辨别自己的体形胖瘦和餐量多少,必须借助秤来判断。

这种认知扭曲存在个体差异,患者对某方面越执着,在该方面的认知就越扭曲。

实际上,我也曾在身体极度消瘦时,对自己的胖瘦认识不清,也总是难以把握营养餐"一顿的分量"。

该书还提到,<u>随着体重增加,不仅第一、第二章末专栏描述的症状会减轻,过量活动和认知扭曲也会有所缓解。</u>

黑田医生所说的"<u>吃着吃着就会有变化</u>",或许就是这个意思。

对厌食症患者而言,即便清楚身体正被疾病侵蚀,进食依然是他们内心恐惧的对象,没有改变。然而,在进食的过程中,除了恐惧,还会产生新的感觉和情绪。我相信,切实经历过这些,恐惧便能逐步蜕变成其他东西。

参考文献:
《进食障碍——身体代为承受的心灵之痛》 [日]深井善光/著
《儿童进食障碍的实证研究》 [日]稻沼邦夫/著
《食物与心灵——二者的关联揭秘》 [日]京都健康论坛/主编

第 4 章

贪食期
28.4 kg ～ 56 kg

饥饿与饱腹

我走过白色的门,踏入暌违已久的门诊大楼。护士领着我来到候诊室,稍作等候后,进来一位五十多岁的女医生。黑田医生接待门诊患者分身乏术,她似乎是临时来替班的。她坐到椅子上说:"在你父母来接你之前,我们聊一会儿吧。"

"厌食症有个症状叫'**体象**[1]**障碍**',就是**对自己的体形认知出现了**偏差。好多厌食症患者其实已经是病态的瘦了,**可自己还觉得很胖,还想更瘦。而且这种认知偏差往往越瘦越严重,等体重稳定下来,认知偏差就会慢慢缓解**,放心吧。之后如果进食量增加,你感觉自己突然变胖了,那就是这个症状引发的认知偏差,不用太担心……嗯?你怎么了?"

见我突然捂住嘴巴,一声不吭,医生关切地询问:"哪里不舒服吗?"

"……没事。"我捂着嘴回应。如果不这样做,我可能会不小心笑出声来。我都十六岁了,又不是小孩子,我可不觉

---

[1] 对自己体形大小、外形的认识和价值观。详见第三章的专栏。

得所有人对事物的看法都是一个样。

无论多瘦都觉得自己胖?将问题归咎于我想变瘦?

要真是这样,那我们的身体也太任性、太随意了。人类这种生物,还真是只能看到自己想看到的。荒唐。太荒唐了,令人发笑。

"真的没事吗?你有什么顾虑尽管跟我说。"

医生似乎还是放心不下,我笑着敷衍"没什么"。

走出候诊室,爸爸和妈妈站在走廊上。爸爸向我招呼了一声,摘下头上的帽子,妈妈轻轻朝我挥手。

"我回来了。"

"欢迎回家。"

"咱们走吧。"

我微微点头,与父母一同迈出门诊大楼的正门。

我呼吸着停车场的空气,有股汽车尾气的味道。爸爸的本田步威车就停在正门附近。我一屁股坐进后座,倚靠着车窗。窗外,是包围了我两个月的白色栅栏、庭院绿意,还有高耸矗立的白色住院部大楼。车子启动后,这些景象一下子无影无踪,消失得太快。

车子畅通无阻地穿过城区,驶上了海滨公路。

"车顶的窗可以打开吗?"

听到我的话，坐在副驾驶座的妈妈转过头，微微蹙眉："可以是可以，但是很危险，你要小心。"

"我知道，就开一小会儿。"

我脱掉鞋子，跪立在座位上，打开车顶天窗的遮阳板，按下右边的按钮。伴随着一阵机械运作的声响，天窗缓缓开启，开到八成左右时，呼呼的风声就灌满了整个车厢。我将手搭在天窗边缘，小心翼翼地探头，只露出到鼻子的位置，强劲的风扑面而来，我下意识地闭上了眼睛。缓缓睁开眼，只见笔直的道路向前延伸，五颜六色的车辆星星点点地分布其上。在更遥远的地方，耸立着我每天在家中走廊的窗户能看到，但是从医院看不到的巍峨大山。

"啊！大山！好高大！好壮观！"

我想着声音会被呼啸的风声吞没，于是放心地大声呼喊。眼前的大山仿佛遥不可及，即便车子以每小时六十公里的速度追赶，也丝毫接近不了。掠过耳畔的风声中，隐隐约约夹杂着爸爸的笑声。

我终于回家了。

* * *

我想着一出院马上回学校。新年过后，我的饭量增加，吃得比以往更卖力，我一心以为体重肯定会上升，于是对妈妈说我可以去学校了。我希望早点见到朋友们，也想把落下的功课都补回来。多次软磨硬泡之下，妈妈终于答应了。从周一开始，我重返高中课堂，除了体育课和社团活动，其他课程我都正常出席。

到了周四，我第一次去医院复诊，体重竟然只有28.4公斤。这是我确诊厌食症以来的最低体重。平日里性子沉稳的黑田医生厉声问妈妈为什么这么快允许我回学校[1]。

我对自己的体重之低也只有震惊。这时我才知道，出院时我的体重就只有31.4公斤[2]。

这件事在学校也引起了关注，妈妈被叫到学校。教务主任、年级主任、班主任和保健老师一起商量后，决定让我暂时休学。**等体重达到33公斤，每周可以上两天学；达到35公斤，可以恢复每天上学**。由于多次早退和住院，我升年级所需的出勤天数就快要不够了，但学校表示会综合考虑我的情况。短短三天，我的上学时光结束了，又回到了不能外出的日子。

---

[1] 关于去医院复诊以及回校上学的标准等事宜，都是父母去沟通协商的，笔者一概不知情。

[2] 稻沼邦夫在《儿童进食障碍的实证研究》一书中提到，体重在反反复复的细微增减中慢慢变化，不会因为一顿吃多就立刻随之增加。

医院给出的每餐标准很简单：米饭一百二十克、肉或鱼八十克、汤、鸡蛋或纳豆、三分之二个土豆、一百克酸奶、水果。

妈妈每天依照这个标准为我做汉堡排、青椒酿肉、照烧金枪鱼等各式菜肴。在医院吃营养餐的时候，不管面对什么菜品，我都要求自己至少尝上一口。不知道是不是努力有了回报，如今看到妈妈做的饭菜，我没有惊慌失措。

多亏了这段住院生活，我不再像以前那样每吃一口都精确计算卡路里，不再对每一千卡斤斤计较。现在我只计算每道菜的卡路里，不知不觉间也几乎听不到"我"的声音了。

我对卡路里的执念慢慢转移到了食材上。像沙拉、炖菜这类无需用油的蔬菜料理，还有豆腐、魔芋、粉丝等，在我看来都是吃了也不会长胖的食材，不用计算卡路里，吃起来没有心理负担。然而对于米饭、面包、肉和鱼，我还是很抗拒。油脂格外难以接受。只要看到食材表面油光发亮就心情低落，强忍着厌恶吃东西要吃上很久。

出院后，我开始主动帮忙准备自己的饭菜，比如量米煮饭、炒蔬菜、做些简单的烹饪。见我和住院前一吃饭就暴跳如雷时不同，会主动参与饮食相关的事，妈妈特别高兴。

妈妈大概以为我之前不吃饭是因为对食物不感兴趣，其实并非如此。我对吃的执着程度,甚至远超正常吃饭的妈妈。

我帮忙准备饭菜是为了监视妈妈。我难以想象把自己的饮食全权交给别人。<u>做饭用了多少油？[1] 有没有比医院规定的标准用量多哪怕一克？不在一旁盯着，我就特别不安。</u>

　　即便如此，我也从未放弃进食。我不想让在北三病区学到的东西付诸东流，而且请假时间延长可能会影响我升年级。我一心想着能和社团里说"我们等你"的同学，还有住院期间给我发短信加油打气的朋友们一起毕业，所以我坚持吃饭。

　　一周后，我的体重回升到 32.7 公斤，每周二和周三可以去学校上学。我本以为照这个速度很快就能达到 35 公斤，可现实没有这么简单。

　　只要去医院复诊测出体重增加，我就会被必须瘦下来的想法操控。出于罪恶感我不能不吃饭，但我会在量米的时候把米和水混在一起掩盖真实的重量，我还讨厌倒在平底锅里的油，想尽办法减少食物的卡路里，让妈妈很是头疼。<u>内心越是焦虑不安，减肥在我心里的优先级越是稳居第一，为了坚守这个念头，我甚至不择手段。</u>

　　物极必反，体重减轻了，我又开始担心不能去上学。为了增重，我让爸爸妈妈带我去烤肉店，除了凉拌萝卜外，我

---

[1] 我不喜欢做菜放油，所以一边监视做饭过程，一边念叨"油再少一点"。

还能自己吃掉将近一半的烤肉、汤饭、冰激凌[1], 这些可都是我平时碰都不碰的食物。

<u>体重哪怕浮动几百克都让我忐忑。</u>日复一日,看到食物我就不自觉地说"受不了了,好累……",坐在身旁的妈妈面露担忧,不过我也不允许自己放下筷子。

大约从二月中旬开始,心情向好的日子渐渐多了起来。为了养成吃零食的习惯,我开始每周吃一次冰激凌[2]。

三月临近尾声,姐姐上大学离开了家。按理说我们姐妹俩的关系不差。初中以前,我们经常互借衣服穿、交换漫画看,也常常分享学校里发生的事。

可自从我患上厌食症,我们之间的交流骤减,最近我都不记得有和姐姐聊过天了。我自顾不暇,姐姐也忙着备战高考。姐姐奔赴的新天地离我们这里很远,以后不那么容易见到了。姐姐离开,我还是挺落寞的。

---

[1] 烤肉拼盘约二百五十千卡,汤饭约一百七十五千卡,冰激凌约一百千卡(均以半份计算)。

[2] 我经常吃每个约二百千卡的冰激凌。

　　　　＊　　＊　　＊

　　体重稳定超过 35 公斤是在三月末。我顺利升入高二，可以每天正常上学了。四月的定期体检，我把体温计夹在腋下时还有些感慨。

　　自那开始，<u>晚上躺在被窝里，我总感觉腹部周围有点异样</u>。起初我不明白胃部收缩的感觉意味着什么，担心自己是不是生病了。琢磨了好几天，我想这可能是**饥饿**。

　　四月后的一天，我对吃过晚饭正在厨房洗洗涮涮的妈妈说"我想添点菜"。说出这句话需要莫大的勇气，但我想起桃井说饭后还觉得肚子饿也是正常的，她的话鼓舞了我。

　　妈妈闻声猛地回头说："嗯，可以啊！你想吃多少就吃多少！"她把重新热好的炖菜递给我。我吃了大概三口。那晚身体没有感觉怪异。第二天吃晚饭我仍添菜，晚上果然就没有异样的感觉了。

　　<u>原来这种感觉真的是饥饿。我很高兴终于有饥饿感了。</u>而且添菜是比单纯填饱肚子还好的事。这几个月，我害得家人总是愁眉不展。当我说要再吃一些时，妈妈久违地满脸笑意。这正契合我出院前在日记中写下的"自己要能接受他人的善意"。

　　从此我每天晚饭都会添菜。妈妈次次都露出笑容。刚开

始我吃一口都犹犹豫豫的,渐渐地,三口、五口,菜量一点点增加。

说来奇妙,<u>我越吃越觉得之前紧紧束缚自己的纪律之绳逐渐松弛,多吃一点好像也没什么大不了。</u>黑田医生说"吃着吃着就会有变化",我确实正在改变。如果继续像这样添菜,也许我能回到患上厌食症之前那种毫无负担的用餐状态。随着这样的念头洒落心间,添菜也变得愉悦起来。

我随心所欲地继续添菜,有时能吃光三人份的炖菜,还有时早上或中午也去添菜。到了四月下旬,体重超过了40公斤。

那段时间,<u>我又出现了奇怪的感觉。</u>

这回的不适感发生在饭后不久,我感觉食道往下坠,喉咙深处干涸难耐。我对这种感觉没有什么好印象。一察觉到它,我就无端地疼痛,疼得坐立难安,简直想伸手直接抓挠内脏。我迫切地想要消除这种感觉,拼命将它从脑海中赶走。

* * *

我固定在周四去见黑田医生。妈妈来学校接我一起去医院。在上学的常态中,偶尔穿插着去医院的非常态,感觉像出入于另一个世界。两个世界的界限模糊不清，我们要花一个半小时的路程慢慢转移到另一个世界。

"黑田医生，您又瘦了。"

黑田医生为了减肥骑自行车上班，这一个月瘦了不少。

"哎呀，我的岁数也不小了，得考虑健康问题。"

运动固然重要，但黑田医生脸颊上凹陷的阴影让我很在意。

"您不要太勉强自己。"

"谢谢，你也很努力啊。"

"我的体重突然增加，最近超过了40公斤……"

"体重增加了，心里还是不舒服吗？"

"有点抵触。不过比以前……好多了。体重增加了我就能去上学，能做的事情也变多了，挺开心的。说实话，我希望体重控制在45公斤左右。"

我的体重以前所未有的一个月五公斤的速度增长。如果说增加体重就是克服厌食症，那我大概已经成功了一半。可我完全不觉得自己身体内有任何东西终结。一种新生的感觉在一步步逼近我。

"黑田医生，我……最近食欲一发不可收拾，有点吓人。我一直吃一直吃，可是身体的某个地方还觉得饥渴。我担心再这样下去，吃起来没有止境。正常人有饱腹感就会停下来了吧。但我已经很久没有感觉到饱腹了。我曾对进食失去过正常判断，如果饱腹感从我心里消失，再也回不来怎么办？又或许我其实感觉到了饱腹感，但不知道哪个才是它。"

每次添了更多的菜，我非但不满足，身体中心反而叫嚣着"还要"。这不是"我"的声音，而是某个陌生的声音——它不会因为吃光一盘菜就停止。不仅如此，这声音比刚开始时更强烈，身体的饥渴也逐渐演变成类似疼痛的感觉。

"我不知道自己会变成什么样，所以很害怕。"这剧烈的恐惧与住院时完全相反，但同样沉甸甸地压在我心头。

"你肯定没事的。"黑田医生微笑道。他的笑与其说是为了安慰我，不如说像是想起了什么趣事，本能地一笑，"第一次见你的时候，我一眼就看出来了。你不是那种会一辈子待在医院里的孩子。"

那一天的黑田医生穿着白大褂，坐在这间白色的房间里。他透过方形的镜片看着我，向我伸出手。

黑田医生，见到你时我也一眼就明白了，明白这是"命运"，明白自己还能活下去。

"所以没事的。现在或许难熬，但你能挺过去。"

真是的，黑田医生总是把毫无根据的话说得那么斩钉截铁。

回想起来，身边有很多人关心我"没事吧？"，但像黑田医生这样告诉我没事的人，大概没有第二个。

父母并不反对我做自己想做的事，可他们总是一脸担忧。我知道他们是太在乎我了，可每次看到他们的表情，我的心头便倏地涌上一股不安，迫切地想向他们证明我没事。然而，我越是这样想，越清楚自己无法肯定地告诉他们我没事。就在我为了实现自己的愿望，隐藏起不安，对父母说我没事的过程中，我觉得自己成了最不值得信任的人。

而黑田医生从第一次见面就相信我能做到。这也许是个愚蠢的误会，也许只是因为他不够了解我。即便如此，我还是好开心。<u>因为他让我知道，我无须证明什么，只要在这里呼吸着、存在着就好。</u>

黑田医生和我只是医生和患者的关系，将我们打交道的时间放在漫长人生中来看不过白驹过隙。等我不再需要定期复诊，黑田医生应该转眼就会忘记我。但是没关系。黑田医生给予我的，在我有生之年都不会磨灭。

我凝视黑田医生的眼睛，重重地点了点头。

正当我们准备离开诊室时，黑田医生叫住了妈妈："美晴同学的病情恢复得很顺利，我们减少复诊次数观察一下。下次请下下周再过来。"

就这样，从五月开始，我改为每隔一周去一次医院。

妈妈在缴费处结算期间,我从门诊大楼的正门走了出去。抬头望去,天空湛蓝,我想去庭院散散步,却见一个中年男人搀扶着一位白发苍苍的瘦弱女性步履蹒跚地走来。是红野奶奶。这是我出院后第一次见到她。

两人走到正门这里,男人似乎忘了拿什么东西,独自返回停车场。我赶忙跑到红野奶奶身边。

"红野奶奶!好久不见了。您还记得我吗?我是美晴啊。"

红野奶奶疼爱我就像疼亲孙女一样。

好不容易见上一面,我想让她看到我更有活力的样子。我满心兴奋想和她多说说话,喉咙却一下子哽住了。

红野奶奶的眼眸——深深凹陷的黑眼珠一动不动,视线落在斜下方的水泥地上。她微微张开的嘴、佝偻的身躯、轻握的指尖、纤细的双腿,都静止不动,仿佛时间凝固了。

——她的状态又回去了。回到了她什么都做不了的时候。

"啊……"

我唇间吐出的微弱不成形的音节,从我和红野奶奶之间的空隙中溜走了。她也没有想要回应的意思。我转身离开,回到门诊大楼,去收费处找妈妈,她正好结完账朝我走来。

"妈妈!"

"你这孩子,跑哪儿去了?回家的路上我要去趟超市,你有什么想买的东西吗?"

我没有回答，绕到妈妈背后。

"怎么了？突然挨着我，发生什么事了？"

"……没什么。"我躲在妈妈背后，一直盯着她的白衬衫，跟着她走到停车场。

车子缓缓启动，朝着家的方向驶去。按理说我应该去往家所在的世界里，可无论过了多久，红野奶奶毫无光彩的黑眼珠始终在我脑海里挥之不去。我从未见过如此死寂、毫无生命力的眼睛，如同截断一切源流的深渊。

红野奶奶和我都为了出院而拼命努力。她出院的那天真的笑得很幸福，我也特别高兴。但我们在外面的世界不知遭受了多少次伤害，最终无路可走。

妈妈的车驶过了两个世界的交界线。而我仍困在那双漆黑的眼眸里。

暴食

夜晚，我站在厨房里。晚餐时段早已过去，连水槽水龙头滴水的声音都听不见。日光色的荧光灯微微闪烁，将周遭的一切镀上一层青白色。

眼前是一台冰箱。我缓缓拉开冰箱门，冷气氤氲中看到里面塞满了大量食物。我顾不上一直外冒的冷气，从冰箱上层开始，仔仔细细地查看里面的东西。

<u>身体饥渴得无所适从。明明已经吃过晚饭，不知怎的比吃饭前还饥渴。</u>我在冰箱下层找到了蓝莓果酱和人造黄油，拿出来后关上了冰箱门。接着，我打开冰箱旁的橱柜，里面有一袋面包，一共六片，我把这袋面包[1]抱在怀里。

打开客厅的电灯，将这些东西胡乱扔在餐桌上。脑中有个声音催我快点。我撕开面包袋的封口，拿出一片，舀了满满一勺蓝莓果酱涂在上面。快点快点快点，我等不及了。咬一口吐司，"好甜"，接着又是一口。我把面包涂满蓝莓果酱，

---

[1] 一片面包大约一百七十千卡，一袋大约有一千千卡。

再一次塞进嘴里。快点吃,再快点。在这个过程中,我感觉肺部周围的疼痛逐渐消散。如同热水浇在头顶一样带来慰藉。满足的错觉让我停不下手,只能一味顺从。我未及细细咀嚼就囫囵吞下,像溺水者渴求空气一样,疯狂地往嘴里塞面包,一片接着一片。这次我尝试在面包上涂人造黄油。疼痛正在消退。我必须快点满足自己。

等我回过神来,面包袋里已空空如也。奇怪,这袋子里应该是有一斤面包的。我看向肚子,已经撑得鼓鼓囊囊的。好久没见过这么难看的形态了。

清醒过来的瞬间,强烈的恐惧袭来。这种事绝对不能让任何人看到!我急忙起身,把蓝莓果酱和人造黄油塞进冰箱,又为了不让人发现面包袋,将它塞进垃圾桶底部,回到自己的房间。

我的心剧烈跳动,跳得发疼,呼吸也急促起来。我刚刚做了什么?<u>从站在厨房之时起的记忆变得支离破碎,尤其是开始吃东西之后的那段,我回想不起来了</u>[1]。等我回过神来,只看到桌子上一片狼藉,肚子鼓胀。

这种进食方式是怎么回事?我对眼前的食物做出本能的反应,不加咀嚼地狼吞虎咽,何等暴力。那一瞬间,我没有

---

[1] 许多患者会陷入恍惚状态,他们不记得自己在贪食期间所做的事,或者感觉贪食是在无意识中发生的。

克服厌食症的念头，甚至连想吃东西的想法都没有，有的只是强烈且无法抗拒的冲动。

这种否定自己为克服厌食症所付出努力的行为，绝不可原谅。

在后悔的旋涡中，我倾听自己的身体，发现本应消失的饥渴感再次燃起。我感觉到小指头大小的火苗一点点灼烧着我的内脏。

我用被子蒙住头，试图无视这火焰。当我抱着膝盖蹲伏，隆起的腹部形状清晰可感。<u>我觉得肚子里塞满了污秽之物，用右手捶了肚子好几拳，以此惩罚自己。</u>

第二天早上妈妈惊讶"面包没有了"，我佯装未闻，收拾东西准备去上学。偷着吃东西这种事太难堪了，我说不出口。

* * *

我在心里暗暗发誓绝对不犯第二次。然而，从吃完一斤面包的那晚开始，饥渴感愈发严重。<u>晚饭后这种感觉最为强烈，我被吃东西的冲动支配，根本考虑不了其他事情。</u>只有鲜奶油、巧克力等高甜度、高卡路里的食物在脑中循环往复。

我拼命抑制冲动。我知道只要吃一口就停不下来，所以甜食统统禁止。我如此彻底地克制欲望，不仅因为不想长胖，更是出于对心中来路不明的冲动感到恐惧。就好像身体里养了一个和自己人格完全不同的怪物。我不认为能用语言和理性与之沟通。

<u>在我心里,"想吃"和"不想吃"两种相反的感情互相争斗,几近爆发。当情绪达到极限,我就会在厨房徘徊[1]。打开冰箱和橱柜,拿出食物又放回去,如此往复,在厨房里踱来踱去几十分钟。</u>

经过多次徘徊,几天后,我又偷偷吃了冰箱里的东西。或许是因为忍耐数日,这次吃的量甚至超过了上次那一斤面包。

我将这种伴随着残暴冲动的进食方式称为"暴食[2]"。

我以为一点点释放欲望也许能抑制暴食,所以晚饭后也会吃些小点心。为了避免过度释放冲动,我还特意选在家人面前吃,大约吃一小袋点心就回到自己的房间。

然而,回到房间后,我感觉身体里的那团火依然在燃烧。吃这么一点儿根本不够,我想吃更多。我想超越他人的目光,

---

[1] 克里斯托弗·G.费尔本在《战胜贪食症:贪食症的成因解读与克服计划》一书中指出,有些患者无法抑制渴望,在街上四处寻觅食物,甚至会偷他人的食物或闯入商店行窃。

[2] 暴食是一种短时间内大量进食的行为,它并不等同于暴食症。在进食障碍中,主要分为厌食症、贪食症和暴食症三种类型。暴食症是指个体反复出现暴食行为,但没有为了控制体重而采取节食减肥、催吐、滥用泻药、疯狂运动等清除行为。而贪食症则是在暴食后,依赖一些清除行为以抵消暴食带来的影响。主人公符合贪食症的表现,但她目前仅意识到了暴食行为,尚未意识到自己患上了贪食症。——译者注

突破自己的克制，把所有能看到的东西都吃光，片甲不留。我抱紧膝盖，压制随时可能冲向厨房的身体，默默忍耐，祈祷那股冲动消失。

这种冲动太可怕了，我想与黑田医生聊聊。可犹豫再三，我都不知道该怎么开口，最后只说："我克制不住食欲，会一不小心吃多。"

黑田医生回答："**现在这个时期，你的身体正拼命把之前瘦下来的部分补回来**[1]，所以才会吃得多。渐渐地，身体得到满足，食欲会稳定下来的。"

我觉得黑田医生说的状态和我感受到的冲动是两回事。要让他真正理解，我就必须更详细地解释暴食的情况。

我所感受到的欲望，其真实面目并非食欲，而是一种更为强烈、更为痛苦的可怕之物，它强行改变着我。这种想吃东西的冲动绝非寻常。它与我"不想吃东西"的冲动如此相似，尽管含义截然相反。就像我住院前感受到的如暴风雨般强烈到无法抗拒的感觉。如果它们的力量相当，那我无法与之厮杀。就这样放任不管它也不会平息，长此以往会发生更糟糕的事情，所以……

---

[1] 在体重稍有恢复的阶段，患者通常会产生强烈的食欲。有人认为，这是身体为了恢复原状而摄取必需营养的举动。

我刚想开口向黑田医生诉说，就注意到背后有四道目光射向我。是站在我身后的妈妈和护士的眼睛。这里不是北三病区。我真的要在这里暴露自己被来路不明的冲动摆布，贪婪地啃食大量东西的丑态吗？想到这些，我的嘴瞬间僵住了，怎么也张不开。

我想要个答案，但更加不想让任何人知道这个秘密。我把满脑子的话咽了回去，垂着脑袋点了点头。下一名患者的预约时间将近，这天的面谈便结束了。

从六月开始，我的复诊频率变成了每月一次。

* * *

高二那年的六月开始，我可以参加社团活动和体育课了。

能重新回归社团，我无比高兴。我终于可以回应那句"我们等你"了。

回归的第一天，我紧张地来到社团活动室，看到一个穿着相同校服的陌生女学生。

她问"有什么事吗？"，我才意识到她是我的学妹。我暂退社团已近一年。凌乱堆满文件的活动室与记忆中无两，但里面的人已换了模样。

好久没上的体育课也很是狼狈。<u>体重下降导致肌肉萎缩，</u>

我的运动能力大幅衰退[1]。初中时我在运动社,五十米跑的成绩是八秒,运动能力尚属正常,可现在却要跑上十二秒。我的身体像灌了铅一样沉重,腿抬不起来,没跑几步就气喘吁吁。

为了恢复体能,我决定骑自行车上学,单程约四十分钟。以前我体重过低的时候,稍微运动一下父母都会反对,如今体重增加了,他们反而劝我运动。

我每天上学,放学后参加社团活动。和朋友们闲聊,抱怨作业繁重……那种略显慵懒的普通高中生活又回到了我身边。自确诊进食障碍已经过去了约一年,我找回了失去的一切。

自从我的体重超过50公斤,妈妈就不再单独为我准备饭菜了。我像以前一样,想吃多少就从大盘子里取食,父母也不再检查我的食量。

开始参加社团活动后,回家的时间变晚了,经常独自吃晚饭。我盛上少量米饭和菜肴,在客厅边看电视边吃,然后回到自己的房间。我坐在床上桌前,打开上学背的书包,里面塞满了点心。

---

[1] 正如第二章中黑田医生所言,如果控制卡路里摄入导致无法获取生存必需的能量,身体就会分解体内的肌肉等组织来补充能量。由于我没有摄取构成身体的营养素"蛋白质",再加上从高一的秋天开始运动也受到限制,所以肌肉力量逐渐减弱。有的厌食症患者甚至因为肌肉力量衰退而无法行走。

我脆弱的自制力在开始骑自行车上学后土崩瓦解。从学校回家的路上，我连逛多家[1]超市和便利店，在欲望的驱使下搜购食物。我买的全是点心和甜品。其中，便利店卖的尺寸媲美芭菲的冰激凌[2]是给自己的最高奖赏。

我把搜罗来的东西悉数藏在背包里带回家，先吃妈妈做的晚饭。我知道什么都不吃会让家人担心，也希望借此消除食欲，可未能如愿，只能躲回自己的房间。

每次暴食我会花上一小时左右，吃掉差不多两个甜面包、一袋巧克力淋面饼干、一个奶油蛋糕和一个冰激凌[3]的量。我的模式大多是吃到一半暂时停下来，不久之后饥渴感再度袭来，就又重新开始吃，直到将食物一扫而空，似乎不把目光所及的食物全部消灭掉就不甘心。如果吃完不够，我就会在家里徘徊搜寻食物，或者到外面去买，所以我总是买很多食物囤起来。

第一口很美味。我能清楚地感知甜度、口感，知道自己吃的是什么。两口、三口之后，进食的速度渐渐加快。最后

---

[1] 因为不好意思在同一家店买太多东西，我会辗转好几家店。
[2] 大约四百千卡。
[3] 一个甜面包平均约三百五十千卡，一袋饼干约四百八十千卡，一个蛋糕平均约三百千卡，一份冰激凌约二百千卡。不同的日子我暴食的食物种类不同，不过摄取的热量差不多有一千五百千卡，超过每日卡路里标准摄入量的六成。

我就像参加大胃王比拼的选手一样，嘴里的东西还没嚼完就塞进新的食物，几乎是直接吞下去的[1]。

冲动，超越了进食行为。而且那不是想吃东西的冲动，是想要消除饥渴感的冲动。

身体里无时无刻不存在的饥渴感，在我开始暴食后瞬间喷薄升腾，这股势头几乎要夺走我的理性、感觉和情绪。所以我要吃。因为只有持续把甜食塞进嘴里，饥渴感才会消失。

然而食物一旦吞下去，下一波饥渴感会立刻袭来，必须把新的食物送进嘴里才行。为了压制猛烈的火势，我根本无暇品尝食物的味道，吃什么也无关紧要。为了维持自我，我必须不停地吃。

我抓到什么都往嘴里塞，直至吃到恶心，饥渴感才能暂时转换成其他感觉。到那时，我的肚子胀得像要裂开，心情也跌至谷底。尽管如此，饥渴感的消失还是让我莫名地安心。我甚至觉得在清醒的每一刻中，只有这一刻，我才能畅快呼吸。

然而，这畅快马上就戛然而止。看到自己周围散落一圈的食物残渣、装着鲜奶油和卡仕达酱混合碎屑的杯子，还有堆积如山的点心包装袋时，我瞬间被拉回现实：长胖的事实

---

[1] 贪食症患者的常见症状之一，进食时往往不怎么咀嚼，一口接一口地不停吞咽。

与后悔。被粗暴激起的冲动遗留下的烂摊子，让我极度厌恶。

别人看了这种吃法会怎么想不言而喻。肮脏，难堪。我不能让任何人看到，也没法儿找人倾诉。非要吃到恶心才罢休，我也觉得自己怪异。好几次我都觉得必须戒掉这个行为，也曾抱着决心忍耐一天，结果第二天的反弹作用异常强烈。饥渴感以比平常更强劲的力量掌控着我，就像第一次暴食时那样，吃得最猛时记忆变模糊，等回过神来，房间里散落着吃得乱七八糟的点心包装，让我更加害怕戒断。

就这样，暴食的频率逐渐增加，到了夏天几乎日日如此[1]。

随着暴食的量和频率爆发式增长，我的体重超过了56公斤，达到有史以来的最高值。出院七个月，我的体重增加了约28公斤。

借每月一次的复诊机会，我试图和黑田医生聊聊之前没能说出口的暴食问题。可到了就诊时，我嘴里说出的全是日常生活里的欢乐点滴。不知为何，我不自觉地表现出一副精神焕发的模样。

八月份定期体检时，黑田医生告诉我："你的情况已经挺

---

[1] 估计当时我一天摄入的卡路里在三千千卡左右。

稳定了,暂时不需要复诊了。今后你就在家观察情况,有什么异常随时联系我。"

听到这番话,我心里涌起的不是没能吐露暴食问题的懊悔,而是守住了自身秘密的安心。从此,我不再去找黑田医生复诊了[1]。

如今,我已经没有了从前对食物强烈的厌恶感。BMI 也超过 23,达到了健康数值。

父母高兴地说我在吃饭的时候能露出笑容了,奶奶见到我吃点心也乐呵呵地说"最近胃口真好呀"。

我的厌食症想必是痊愈了。如此一来,因控制不住食欲而长胖就不是疾病的问题,是我个人的责任。

"忍不住想吃东西,是因为我没用吗?"

我在房间里抱着膝盖喃喃自语,却没有人告诉我"不是"。

---

[1] 从高一时首次确诊至今,差不多过去了一年。进食障碍的治疗周期因人而异,短则不到一年,长则需要几年甚至十几年。

变丑陋的身体

高二的初夏，我久违地参加了学校组织的远足活动。或许是太欢乐了，向来最讨厌拍照的我难得地和朋友们拍了照片。活动结束后，整理数码相机的数据时，一张照片定格在我的眼前。

照片以小溪和树木为背景，四个女孩并肩而立，比着"耶"的手势。四个人身高相仿，唯独最左边的女孩明显比其他三人块头大。与其说是身体比别人宽，倒不如说她像发酵好的面包胚，全身膨胀得几欲裂开。

那女孩嘴角上扬，开心的笑脸和我很像。我定睛观察这个女孩：脸部浮肿，眼睛被脸颊挤成了细缝，没有腰身，手脚像圆木一样粗壮。她穿着一件眼熟的粉红色T恤，这件衣服几个月前还松松垮垮，在照片里却严丝合缝地贴在身上，隆起的腹部形状清晰可见。

我连忙翻阅数码相机里的其他照片，发现她在照片中的模样如出一辙，证实那臃肿的身姿不是错觉。

我战战兢兢地看向自己的身体，伸在前面的右臂整体浮肿，手掌和手腕几乎找不到分界线，就像猪的前蹄。我曾经很喜欢的大拇指根部的三角形凹陷，不知何时已经消失不见。腿也是一样，脚踝都胖没了，大腿粗了许多。只要一捏肉，皮肤表面便会浮现出凹凸不平的**橘皮纹**。这次我把手放在肚子上，周围是一圈松垮的赘肉。

猛然间，许多事在脑海中复苏。

我走路时感觉腿上的肉颤动，是因为长了脂肪吗？裙子的搭扣扣不合，我总是把腰部的拉链拉到极限，穿在身上必须时刻提防它滑落，也是因为脂肪？我双手捂住脸颊，手掌触及的是圆鼓鼓的肉，这也前所未有。

<u>我其实知道自己胖了，可一直觉得自己的体形与体重45~49公斤时没有太大变化。</u>现在回想起来，当时我或许是在这种自我欺骗中逃避现实。

长胖，是这十个月来他人给我的正确答案。尽管这与我之前为自己定下的规矩背道而驰，但看到体重增加时周围人高兴，我就被这种"正确"束缚住了。体重是我努力的指标，我日拱一卒地想更接近这个正确答案。

可现在，我感觉被背叛了。照片里的我比记忆中膨大了好几倍，几乎认不出是自己。任谁看了都知道这是错误答案。

我突然觉得发生在自己身上的一切都和长胖的事实紧密相连，周围的物品、身上的校服、脚踩的地板、呼吸的空气，都在责备我。

这是怎么回事?

眼睛、鼻子、嘴、手、脚、身体,全都让我恶心。我用力捶打右膝上方,周围的脂肪随之晃动。我不停地打,打到腿又红又肿,可它还是那么粗那么丑。

我想瘦下来,真的想瘦。我不奢求像以前那样苗条,哪怕只比现在稍微瘦一些,让自己恶心的部分就能减少一点,我或许就能稍微原谅自己一点。

<u>于是,我再次决定控制卡路里摄入。</u>

* * *

说要控制,但由于暴食已经摄入了大量卡路里,以前的方法行不通了。<u>我心里明白应该通过均衡饮食和运动来减肥,但在戒除暴食之前必须采取强硬手段。</u>我告诉自己,等我不再暴食后再改用健康的减肥法。遂决定除了暴食以外的其他<u>餐食都尽可能接近零卡路里</u>。早餐我不吃,晚餐自己控制分量,饮料只喝茶或者水。唯一的问题是午餐。出院后,妈妈每天给我做便当,这部分无法削减。

午餐时,我和几个朋友把书桌拼在一起吃饭。朋友们把五颜六色的便当摆在桌子上,而我则把便当拿在手里,倾斜向自己的一侧，不让别人看到里面的东西，坚决不放在桌子上。吃饭的时候，我叽叽喳喳地说个不停，附和朋友聊天，还主动挑起很多话题。在交谈的间隙，我适时地将并未夹取食物的筷子送入嘴中，装出一副在吃饭的样子。为了不让人发现我其实没吃，关键在于要尽量表现得开心。实际上我只有沙拉是真的吃了。我算准朋友们吃完的时间，迅速将便当盒盖好，避免他们看到里面的东西。

放学回家的路上经过超市，我一进去就直奔卫生间。在隔间里，我拿出便当盒，把剩了多半的便当倒扣进塑料袋里。为了排出空气，我用双手把塑料袋挤扁，妈妈做的便当变成了一团颜色混杂的大饭团。我把这个沉甸甸、冷冰冰的物体藏在校服袖子里，走向超市门口的垃圾桶。我把塑料袋举在敞开的垃圾桶口上方，保持这个姿势，一直在心里默默忏悔。

妈妈，对不起。

神明，对不起。

我真的很抱歉这么做。对不起，对不起，对不起……

随后，我松开手，听着饭团掉落的沉闷声响，心想自己总有一天会受到惩罚。如此浪费别人的心意和食物是不可原谅的。我该对看到空便当盒一脸欣喜的妈妈说什么呢？说其实我把饭扔掉了？如果我说自己是太害怕吃饭没有办法才这样做，能得到原谅吗？

肯定不会。

这种行为定会遭到报应，让我堕入地狱。因为正常人做不出这种事。我这么做是因为我软弱，是我的错。

不仅是扔掉便当，假装吃饭也是一样。我拼尽全力伪装，也不知道自己装得像不像。朋友们什么都没说，但也许其实已经察觉到我在演戏了。说不定有人在背地里议论"美晴真奇怪，让人恶心"。

<u>好可怕，怎么办，我做不到和大家一样。</u>

<u>对不起，对不起……</u>

今天这样道歉，明天肯定还会重蹈覆辙。我这个糟糕透顶的人。

忏悔结束后，我重返超市。<u>因为把妈妈做的便当扔掉了，我一定要暴食。</u>如果不多吃点，付出的牺牲就没有意义了。站在摆满甜品的货架前，饥渴感从腹部深处涌了上来。

刚刚的忏悔那么真切，可我背着装满甜食的书包蹬自行车时心里竟无比幸福。一想到暴食瞬间即将来临，我就急不可耐，连踩自行车踏板的脚都全然轻快起来。就像等待圣诞老人送礼物的少女，翘首以盼那一瞬间的到来，这与礼物的内容无关。就如同对瞬间的期待能给少女带来无限幸福一样，我的内心也充满喜悦,甚至错以为自己就是为了这一刻而活。

<u>我给这一行为起的名字"暴食"是个蔑称。我对暴食这件事以及暴食的自己抱有确切的厌恶。但我又因这种行为感到幸福,这并不矛盾。毋宁说,正因如此,才有意义。</u>

我是个极度自卑的人。从小,对自我存在本身的自卑就盘踞在我心中,成了我做事的根本出发点。为了扮演和大家一样的生物,我必须时刻努力。"生物"这个表述绝非夸张,<u>我真的表现得不够好,找不到自己与其他人类相同的确凿证据。</u>

直至小学阶段,事态尚朝着积极的方向发展。因为我从不敷衍了事,所有事都认真对待,在学习和文化活动方面取得了不错的成绩。但对我来说结果无所谓,重要的是一直保持努力的状态。一旦停下脚步,就会陷入自卑的泥沼。为了坚持自我约束,我极力避免他人的表扬。因为被夸赞后,愚蠢的我便会得意忘形,这只会成为努力路上的绊脚石。所以,即便考试取得佳绩,即便我的画作获奖,我也都瞒着父母和朋友。

<u>上初中后,我用"不相称"三个字来形容自己。</u>我按照班级里的价值标准给自己打分,要求自己的表现符合标准。我害怕举止过当遭人嘲笑,所以哪怕有想做的事、想穿的衣服,也都选择了放弃。

我和姐姐的爱好相似,想做的事情经常不谋而合,但我

不喜欢被拿来和名次高的姐姐作比较,所以姐姐选择的社团活动和兴趣班,我都一一放弃。哪怕有些事我想做,也会让给朋友。我不喜欢由于自己的一意孤行让别人为难[1]。

周围的人都说我"温柔"。听到这样的评价我很感激,但<u>我讨厌自己卑躬屈膝的行为。</u>

我就这样压抑着自我生活。没有人强迫我,只是我认为应该用自己制定的规矩之绳来束缚自己,对此我深信不疑。

<u>我患上进食障碍,或许是因为压抑到了极限。</u>

其实,那根绳子深深勒进我的身体,一直很疼很疼,痛不欲生。我明知暴食后只会留下无尽的悔恨,也最讨厌自己难看的吃相,但只有暴食的时刻才能给我自由。

这里是法外之地,没有任何东西束缚我,无人知晓也就无人嘲笑。既然要破戒,那干脆像动物一样,贪婪地吞噬那些令人作呕的、看都不想看的高甜度高卡路里的食物。我用自己最厌恶的方式打破自己定下的规矩,尽管可能会被家人和朋友抛弃,我也想做一回愚蠢的自己。

如果全世界的人都讨厌我,我就无须再努力去讨别人的欢心,就能获得真正的自由。

<u>对我来说,暴食是我最蔑视,却又最崇拜的行为。</u>

---

[1] 很多进食障碍患者与我一样,不善于向他人表达自己的意见和想法。

不能说的秘密

在北三病区的时候,我能注意到自己内心感受的细微变化。与其说是我过度敏感,不如说那里安静得每一丝声音都捕捉得到。倾听自己的内心,那种感觉犹如从头顶到脚尖的血脉舒张,曾经被情绪风暴吞噬而变得冰冷的身体,渐渐恢复了体温,能够自由活动。

可如今,一切乱了套。曾经期待的饥饿感和饱腹感,还没来得及找寻便已混淆不清。饥渴感和恶心的感觉模模糊糊地存于身体里,摸不清源头。由于害怕进食,我靠假吃来蒙混过关,可一旦开始吃,我就被怪物般的冲动裹挟,一直吃到想吐才肯罢休。这样的场景每天都在上演,我好像又迷失了,不知道该怎么吃东西。

在不断怀疑自我的过程中,我对自己的情绪失去了信心。一天之中,我的大部分情绪是痛苦,独处时,内心被哀叹自己不中用的话语浇透。尽管如此我依然笑得出来。我和别人相处时能若无其事地开玩笑,就像本能的反射一样。而且有时我觉得自己是真的开心。渐渐地,我分不清自己的情绪是真是假。

但别人的情绪与我不同。他们从不质疑自己的情绪。在我看来,他们毫不犹豫地流露真情实感。或许因为他们是正常人,拥有常规的食欲和感觉,所以才能做到那样。

<u>我觉得其他人是纯洁的生物。好羡慕啊,我也想生来是一个与自己截然不同的生物。</u>我渴望和大家一样,拥有真实而确定的东西。我向谁祈求呢?神明吗?无论是谁,请赐予我不容置疑的冲动,一种<u>强烈而纯粹的冲动</u>,让我不用再如此迷茫。

＊　＊　＊

从高二的夏天开始,教室里渐渐弥漫起备战高考的紧张气氛。尤其是批改完的考卷发下来后,这种氛围愈发浓烈,与邻座朋友之间的成绩差距也毫不留情地显露在眼前。

我是其中唉声叹气的一方。自从五月下旬暴食加重,我的考试成绩一落千丈,偏差值始终没什么起色。

无论是严重厌食之时,还是如今暴食之际,我的脑子里想的全是食物,这一点是相同的。但对于前者,我能自然而然地抑制除食欲之外的其他欲望。无须谁来强迫,我也能压制住偷懒的念头专心学习,所以住院前高一那年十月的考试中，我取得了自己最好的成绩。现在回想起来，那时的我大概在拼了命地学习。然而<u>解放食欲之后，我无法很好地控制自己的欲望，学习的劲头大不如前</u>。

现在我只是按部就班地上课，还没决定报考哪所大学。

在这种情况下，听说朋友为了考大学要去上暑期补习班时，我焦虑了。我想至少得先确定大学学什么专业。在思考自己想做什么的时候，我想起了从小就热爱的绘画。

当我把铅笔置于雪白的纸张上，听笔尖在纸面滑动，我的心跳就会加速，全身血液涌动，仿佛在响应右臂的动作。我能连续几个小时沉浸在这种兴奋的状态中。自从患上厌食症，我就很少画画了，但将来还是想从事和美术相关的工作。

在资料室查询后，我得知美术相关大学设有专业技能考试，相较于笔试，这类大学更看重专业技能。我喜欢独自画画，所以至今没有专门学过绘画，也未加入过美术社团，对美术的了解仅局限于学校课堂所学。以我的战斗力不可能赢过竞争对手。我很快在附近找了一家美术教室，从暑假开始去上课。

这家美术教室不大，推开门，一股熟成油脂的味道扑面而来。过了很久我才知道，这种独特的气味来自油画用的松节油。教室里四处摆放着画架，学生们有的在专心画画，有的在捏黏土，各自忙碌着。他们穿着我从未见过的校服，没有一个是来自我的高中。

我选择这家美术教室，是因为其主页上的那句"我们更鼓励享受表达，而非单纯追求画技"深深吸引了我。这家教室不是专门为备考美术大学开设的特训营，它更尊重个人画风，提供技术指导并鼓励学生在掌握基础技法后自由创作。这家教室的教学方针合我心意，我很期待去那里上课。

假期上课的日子里，上下午之间有午休，学生们在餐饮休息室吃午饭。<u>我决定中午要么什么都不吃，要么只喝低卡路里的饮料，所以不去休息室。</u>我走到距离教室十分钟路程的药妆店，为了不被其他学生发现，就躲在停车场建筑物的阴影里，等到午休结束。

由于害怕午休时有人邀请我一起吃饭，或者问我去了哪里，我从不和其他学生交流，所以在美术教室里，我一个朋友都没有。

<u>自从开始暴食，我就尽量避免和他人打交道</u>，和同班同学也只聊些无关紧要的话题，从不深入交往。一方面是因为我对自己的容貌、体形和成绩感到胆怯，更重要的是，我懒于建立新的人际关系。

<u>如果在班里有了新朋友，我就也得在朋友面前假装吃便</u>

当。朋友邀请我"一起分享点心"或者"放学后一起去可丽饼店"的机会增多，要拒绝会更加困难。

虽然我和几个从小学就一起玩的同学以及社团里的同学关系一直不错，但也尽量避免在校外和他们接触。放学后我要采买食物，而且每天晚上都要暴食，也没时间玩。休息日就算去哪里玩，除了暴食的那一顿外，其他餐我必须控制在零卡路里，所以什么都不能吃。为了能尽情地暴食，独行更方便。

我的病名没有透露给任何一个朋友，并不是因为不信任她们。我极度消瘦、长期休学，刚一回到学校就迅速发胖。这样的我，任谁看了都显然是个异类，但我无论如何都渴望被当作和大家一样的"普通高中生"。我隐藏这个秘密，不暴露弱点，绝不让别人觉得我可怜，就这样小心翼翼地守护着自己那点小小的自尊心。

我不知道自己伪装得好不好，但朋友们没有一人离开我。她们什么都没问，既不怜悯也不躲避，只是陪伴在我身边，给予我始终如一的友情。

这证明了，即便我患上了进食障碍，在她们心中我依然没有改变。连自己的感觉和情绪都不敢相信的我，却找到了一种超乎想象的自信——我是能构筑起如此珍贵的友情的人。如果没有朋友们，无论是现在还是将来，我可能都难以生存下去。

*　　*　　*

回归社团后，我积极参加活动，从不请假。社团的顾问老师依旧严厉如初，像魔鬼一样，高一的学生被他冷酷无比、劈头盖脸的警告骂哭已成惯例。上了高二依然会被他批评得狗血淋头，但已经有了耐力。老师的批评很中肯，我们只能点头接受，然后再次努力尝试。

社团里高二的同学之间关系很好，相处融洽。我们一边漫无边际地闲聊，间或抱怨老师太过严厉，一边卖力参与社团活动，待到学校关门才离开。虽然很开心，但我能感觉到一年左右的空白期让我和其他同学产生了实力差距，心里不是滋味。同学们并没有表现出任何不满，但无论做什么，我的质量和速度都比不上他们，有些丢脸。

我所在的社团要求每名高二学生和几名高一学生组成小组进行为期数月的活动。我也和三名高一学生组成了小组，可每当我发出指令时，学弟们总会露出不太乐意、欲言又止的表情。

他们是不喜欢我这个没什么本事的人对他们发号施令吧。我知道只要我提升实力，赢得学弟的信任，问题就能迎刃而解。但看到他们的态度，我的心灵还是受到了冲击。<u>除了对自己实力不足的担忧，我还担心有人背后议论我的容貌和体形，开始害怕站在学弟面前。</u>

那时，我穿上了心爱的鞋子。一双成熟的高跟乐福鞋。当初被它精致的装饰吸引，一眼心动买下了这双牛皮鞋，花了大概两万日元。

学校禁止穿高跟鞋。但周六社团活动时教导老师不来，我偶尔会穿。穿上这双鞋，我的视线比平时高出一截。我对自己的容貌和在社团里的地位不自信，总习惯身体前倾，穿上这双鞋后自然而然地挺直了腰板。这双鞋对我来说或许过于时髦，但我觉得穿上漂亮的鞋子能让人变得更坚强，所以决定借一点它的力量。

不要嘲笑我

我上高三了。生活依旧一团糟,但家人似乎对我的暴食行为浑然不觉。<u>我为自己守住了秘密感到安心,同时内心深处又对家人产生了不好的情绪。</u>

我有一个温暖的家庭。住院期间,父母多次对我叮咛"早点回家"。妈妈常常上班早退来探视我,每天为我做我能吃的饭菜;爸爸在我升年级受阻的时候,向学校争取"我的女儿很努力,请再给她一些时间"。

然而,自从我不再去医院复诊,家人便不愿再提起厌食症的话题。

我很想把厌食症的体会告诉父母,可是我总觉得害怕,难以启齿。于是我刻意制造和妈妈或爸爸独处的机会,等他们主动提起,但每次他们抛来的都是电视节目或者高考相关的话题。就这样,一年多过去了。

我明白父母并非不关心我,他们是有心不愿让我想起痛苦的经历,我也理解他们选择把治疗托付给专家,自己只默默遵循医嘱。

我能理解，但还是怀疑他们在逃避直面我。这个疑问萦绕在心里挥之不去。如果为了我免受伤害、为了保护我，就将过去视为禁忌话题避而不谈，那我所经历的一切、所感受的一切，不就好像从未存在过一样吗[1]？

也许在父母看来，我长胖就行了。至于我想什么、做什么，又是如何熬过了艰难的日子，对谁都无关紧要。

我又回到了遇见黑田医生之前的状态，任由过剩的情绪在身体里循环。我察觉到情绪的浓度越来越高，流速越来越缓慢，可我只能置之不理，别无他法。

朋友们从来没有拆穿过我，想来我假吃的演技应该还不错。午餐和晚餐时间，看着朋友们开心地吃着便当，我很奇怪他们是怎么停下筷子的。起初我以为把便当盒里的食物吃光，自然就会产生饱腹感，但看到朋友们说着"已经吃饱了"，而便当盒里还剩下一些时，我又觉得也许是先有饱腹感才停止进食的。我偶尔也会试着模仿他们，但还是搞不太清楚。

* * *

自从长胖后，我在学校独处时就有三四个男生嘲笑过我。

---

[1] 水岛广子在著作《厌食症、贪食症的人际心理治疗》中指出，面对进食障碍患者，家属应认真听他们说话，不要随意打断，保持倾听的态度至关重要。

虽然听不清他们对话的内容，但从他们时不时瞥向我、皮笑肉不笑的样子，即便不情愿也能知道不是什么好话。

以前我瘦的时候，他们对我避之不及，好像我让他们多么厌恶似的；现在我胖了，倒是又变有趣了。这些局外人总是这么自私任性。他们根本不知道我是如何才活下来的，却只会用自己狭隘的视角看待他人，还玩着冠冕堂皇的无聊把戏。

所幸我没有受到更过分的骚扰。他们大概也忙于准备高考，没时间关注别人了吧。这是我第一次庆幸自己就读于一所升学率高的学校。

每次听到嘲笑声，我就很想减肥。但我并不是想瘦下来吸引别人的注意，也不是为了被人夸赞可爱。<u>无须任何言语，无视我都行。我只是不想再因为外表、言行或者自身的存在而被嘲笑，仅此而已。</u>

在校园生活中，"容貌端正"和"身材苗条"会有一定的地位。随着年龄的增长，这种现象愈发明显，作为班级里的"种姓"制度，把学生的身份差异赤裸裸地摆在眼前。

我所在的学校，从小学高年级开始，关于容貌和体形的话题就多了起来。从那时起，我就不是引人注目的学生，只在班级角落里和三两好友聊聊天。我生性怯场，一站在众人面前就满脸通红，所以从未想过要成为焦点。我非常喜欢画画，一有时间就在笔记本上随意涂鸦。休息日的时候，经常和邻居家的男孩、女孩还有姐姐四人一起奔走在山野间玩耍。

我对流行趋势和班级里的小团体不了解,对于朋友们的容貌,除了能分辨出个体的差异外,从不觉得有什么特殊的意义。所以我无法理解那些以容貌差异来划分界限的同学。但在班里,这成了理所当然的价值标准,我也决定遵循。当我意识到按照这个标准,自己只能取得较低的排名时,我突然开始在意别人的眼光。

上初中后,容貌和体形带来的区别对待更加明显。每天课间休息时,听到同学们嘲笑别人的容貌和体形,我就担心自己是否也会沦为他们嘲笑的对象。

初中的时候,我和同班的名叫小花的女生成了好朋友。当时班上的同学都对小花敬而远之,不碰她用过的东西。我觉得小花很有趣,也了解她的很多优点,所以即便知道其他同学的做法,我还是和她相处得很好。小花、另一个朋友和我,我们三人经常在课间休息时聊天,也会去彼此家里玩耍。

一天放学后,我和同班的一个女生一边聊天一边走在河堤上。"啊,对了!"聊着聊着,她大声说,"今天我们班聊到小花,当时也提到了你。"

听她的语气,我就知道关于小花的话题不是好事,直觉让我不想听到接下来的内容。

"有男生说'小花这个人很恶心,美晴也挺让人受不了!',班上其他同学都笑了。"

我的心被戳痛,陷入了沉默。害怕的事情还是发生了。走在我旁边的朋友不论是说这件事的时候,还是现在,都带着微笑。她的笑容让这个事实显得更加冰冷锋利。

好像什么都没发生一样,她迅速转移了话题,态度如此平静,让我不禁怀疑,是否情绪起伏不定的我才是那个怪人。也许这个事实在大家眼里都是理所当然的,唯独我一直没意识到。

我一边回应着她的话,一边在心里想,另一个和小花关系好的朋友就没有被说什么。那个女生长相甜美,个子高,身材也好,小学毕业相册上的"可爱女生排行榜"上也有她的名字。果然,<u>就算做着同样的事情,长得不好看就会遭人嘲笑</u>。

因为这件事,我更加在意自己的容貌了。我彻底避开镜子、照片等一切能照出自己模样的东西。有一次逃避校园活动集体照拍摄的时候,我还被老师批评了。

上初三后,我开始害怕和别人对视。准确地说,<u>我无法忍受别人的注视</u>。和别人面对面说话时,总担心家人或朋友会不会在心里嫌弃我,我或是低下头,或是移开视线,想尽办法躲开别人的目光。

在同一时期,我还养成了摆弄头发的习惯。妈妈说"摆弄头发是对自己没自信的表现,太不像话了,别弄了",可等我察觉的时候手就总是不自觉地在摸头发。即便上了高中,这个习惯还是没能改掉。

三年的结局

高三的夏天刚过,生活就彻底被高考占据。校内考试和校外模拟考试一场接着一场,那份显示着与理想大学录取分差的偏差值图表,让同学们的心情跟着起伏跌宕。

为使成绩回升,放学后以及休息日我一有空就在自习室学习。但是学习的时候,饥渴感也会袭来。我拼命忍耐,偶尔还是会中断学习,跑去超市。

我在超市的烘焙区买上三四个甜面包,尽量不引人注意,坐在用餐区最边上的位子暴食,只是量比平时少些。<u>可不管往嘴里塞多少面包,我都没有丝毫满足感。</u>

这段时间,同学们都在朝着梦想奋力前行,为什么我要在这里做蠢事?明明不想吃,为什么还拼命地吃?我一点也不明白。

白天稍微暴食一下,不足以让我停止晚上的暴食。<u>只能这样浑浑噩噩活着的自己,已经不是可憎了,是可悲。</u>

我决定上大学后就离开家。父母很担心我,劝我报考离家近可以走读的大学，但我不喜欢那样。

从北三病区出院后的一年半里，我做了太多糟糕的事。我爱家人，爱这片土地，爱朋友们。我也很感谢他们。然而，本该是温暖柔软的一切都在低声诉说我的罪恶。我反复暴食、捶打自己身体的房间，为暴食进行食物大采购的超市，假装吃饭的高中教室，把妈妈做的便当塞进袋子的卫生间，还有我因为忍受不了饥渴感在众目睽睽下进食的用餐区……我再也无法留在这片被各种回忆充斥，且被如影随形的罪恶感笼罩的土地。

我已经厌倦了为迎合别人而进食。我想去一个谁都不认识我的地方，只为自己而食。

听到我表达"无论如何都想离开本地"，爸爸便说姐姐上的大学就很好，有姐姐在身边也安心些。我报考了和姐姐同一所大学的美术专业，并将本地大学的美术专业作为保底。

* * *

离樱花盛开还有些时日，那天晴空朗照，我迎来了毕业典礼。胸前佩戴的小花束本应是毕业生身份的象征，但是人造的粉红色太廉价，让一切显得虚假。在毕业典礼的会场里听到自己的名字，以及接过毕业证书，都像是发生在别人身上的事，我没有真实感，也没有流泪。

不过，能走到这一天，也算是一个成果。<u>尽管问题依旧堆积如山，但是我这一路拼命挣扎着活下来，才得以和朋友们并肩站在这里。</u>

毕业典礼结束后，我和社团里同年级的同学一起去活动室道别。顾问老师和学弟学妹们齐聚一堂，每个毕业生轮流发表毕业感言。

社团活动对我来说，是一段无可替代的时光。但在道别的时刻，最先说出口的却是不甘。我在心中描绘的理想，败给了能力远远不足的现实。这不是因为我暂退社团，而是因为自身能力欠缺。我想做的还有很多，很多……哪怕结果不像样，只要知道自己已经尽全力了就好。可我是如此没用，泪水止不住地流。

正当我准备离开活动室时，低一届的学弟递给我一封信。

随后我们去唱卡拉OK一直欢闹到晚上，与即将奔赴各地读大学的朋友们依依惜别。

回到家，我在自己的房间里重新读集体写的寄语和朋友给我的信，这时手机收到了毕业典礼的照片。照片里，在朋友旁边比"耶"的我还是又胖又丑，但脸上洋溢着发自内心的喜悦，于是我按下了保存键。

这时，我突然想起学弟给我的信。我和这个学弟曾组过几次队参加活动,从他的态度感觉不出他对我有一丁点儿好感。我以为他会简单来一句"辛苦了"之类不痛不痒的话,没想到他会用心写信,这让我看到了他出人意料的一面。

我打开样式简单的白色信封,信纸上写着几行简短的话:

> 学姐穿着高跟鞋来参加社团活动的时候,我和同学们一起笑话你了。对不起。

"啊……是这样吗……"

"我很好笑吗?"我的声音颤抖得不知变成了什么调。是这样吗,原来是这样,我居然没注意到。我买了双漂亮的鞋子,满心欢喜,还天真地以为穿上它,我也能变得更漂亮。我突然长胖,浮肿的脚塞进高跟乐福鞋里,肯定看起来很滑稽吧,也许还让人觉得我洋洋自得。我真是个蠢货,连这种事都没察觉,蠢到家了……

我拿着信的手不住地颤抖,几滴眼泪落在了信纸上。

<u>天啊,我努力了三年,最后竟是这样的结果吗?</u>

泪水汨汨流出,我把脸埋在两膝之间。这样泪水就不会落下去,连声音都可以抹消。我怎么这么傻,为什么这么简单的事情都不明白呢?

毕业典礼一周后,姐姐所在的师范大学美术专业的录取通知书寄到了家里。从四月开始,我将搬到一个离本地车程单程五小时以上的新地方,开始独自生活。

专栏 | 关于贪食症

本专栏主要参考克里斯托弗·G. 费尔本的著作《战胜贪食症：贪食症的成因解读与克服计划》，对贪食症展开探讨。书中对贪食症症状的介绍十分详尽，很多内容都与我的经历相吻合。

·贪食症的症状

贪食症患者<u>经常暴食，无法控制自己的暴食行为</u>。他们会为了继续暴食而牺牲自己的健康和正常生活。

然而书中指出，贪食症的症状，包括暴食的频率、食物种类、暴食时的感觉等，在不同患者身上表现各异，很难定义什么是"典型的暴食"。同一个人也会有很多暴食方式，有时会以惊人的速度把大量食物塞进嘴里，直到胃被撑到极限；有时则会事先计划，偶尔贪婪地享受平时不能吃的食物。

一次暴食摄取的卡路里并没有标准，<u>因人因场合而异，摄入量经常相差上千卡路里</u>。

患者暴食的食物种类多样，克里斯托弗称他们倾向于吃平时刻意避开的高脂肪甜食。

·极端减肥

许多贪食症患者在暴食的同时，还会进行极端的减肥行为。比如推迟吃饭，直至晚上前什么都不吃，把一天的卡路里摄入量设定得低到不合理，除了减肥食品外其他东西一概不吃，严格遵守自己定下的规则。

患者减肥的本意是想抵消暴食的影响，但是克里斯托弗称，实际上极端减肥可能诱发暴食。长时间处于饥饿状态，会让想吃东西的欲望愈发强烈，一旦开始进食就很难收手。

我的"暴食"正属于贪食的表现。和书中案例一样，从高二开始，我就极端地限制饮食，除了暴食的那一顿，其他餐都控制到零卡路里。从扔掉妈妈准备的便当这种常人难以想象的行为来看，我被这规则束缚得有多紧，已经一目了然。

·排泄行为

贪食症患者为了抵消摄入的卡路里，还会采取自我催吐以及滥用泻药、利尿剂等排泄行为。

然而克里斯托弗称，实验表明呕吐只能消除约一半摄入的卡路里。而泻药和利尿剂即便大量服用，对卡路里的吸收也几乎没有影响。

由此可见，排泄行为不仅无法达到减肥目的，还会严重损害身体，非常危险。

<u>频繁自我催吐尤其会对身体造成严重影响。</u>

·呕吐对身体的严重影响

<u>胃酸会腐蚀牙釉质，一旦腐蚀就不可逆。</u>

而且频繁呕吐会导致体内的含水量和电解质（如钾、钠等）失衡，还可能因低钾血症引发严重的心律失常。

此外还有唾液腺肿大使脸部臃肿、咽喉黏膜灼伤发炎、喉咙干燥疼痛等症状。

书中指出停止呕吐可使症状改善或阻止其进一步恶化。

·极端体重管理的心理影响

小野濑健人在《"厌食心理"与"父母心理"》一书中提到，<u>进食障碍患者的注意力下降，有时甚至连完成日常生活中简单行为的注意力都难以保持</u>。

自从开始暴食，我就无法专心投入高中阶段的学习，成绩不断下滑，就连我最喜欢的创作也无法集中精力。

就像书中所写，"**无法集中注意力，看书时连前一页写了什么都记不住**"（小野濑 2014，第 120 页），我也有同样的体会。

>就像在雾中行走。手脚仿佛被浓雾遮住,就算往雾里丢入文字,转眼再难辨其形。
>
>(本书第224页)

·患上贪食症的契机

除了极端减肥的反作用会引发贪食症,<u>厌食症也可能转变为贪食症</u>。

稻沼邦夫在《儿童进食障碍的实证研究》中写道,<u>在厌食症症状好转、食量逐渐增加的过程中,有时会出现贪食表现</u>。这种贪食表现<u>是由强烈的、无法用理性控制的冲动引发的,患者往往手边有什么就大量进食什么</u>。

稻沼老师还指出,这种行为虽有助于恢复体重,但会加剧对肥胖的恐惧,演变成贪食症的风险较高。为防止发展成贪食症,需要患者周围的人给予支持,<u>哪怕患者想要大量进食,也要帮助他们定量摄取食物</u>。

就我的情况来看,虽然未经医生明确诊断,但我应该是从厌食症转变为了贪食症。但当时我只觉得不过是吃得多,完全没意识到自己生病了。<u>我一直认为无法控制食欲是因为自己意志薄弱,不断地责备自己没用</u>。

和其他贪食症病例相比,我除了刚开始暴食的那段时间以外,食量相对较少。我的贪食情况没有发展得太严重,可能是因为我没有自我催吐。我实在抗拒呕吐，排泄行为也只使用过泻药。

·写给为贪食而烦恼的人

克里斯托弗提到了贪食症更棘手的原因：厌食症患者一眼就能看出瘦弱，很容易被周围的人注意到，而贪食症患者大多体形标准，和别人一起吃饭时能控制在正常量，只在独处的时候才会偷偷大量进食，所以病症不容易被发现。另外，由于人们的印象中贪食症多发生在女性身上，男性可能不认为自己患有贪食症。

<u>我认为贪食症带来的一大痛苦是孤独。</u>每次暴食过后，独自留在自己的房间里，那种孤独和痛苦难以言表。可即便如此，我还是害怕被别人知道自己贪婪进食，不敢向任何人倾诉，独自苦撑多年。

如果你也在为贪食症而烦恼，要知道你并不是孤身一人。贪食不是你的错，也没什么可羞耻的。请鼓起勇气，把你的痛苦告诉亲近的人，不要犹豫，及时去医院寻求治疗。

参考文献：
《战胜贪食症：贪食症的成因解读与克服计划》 [英]克里斯托弗·G.

费尔本 / 著，[日] 永田利彦 / 翻译校对，[日] 藤本麻起子、江城望 / 译

《"厌食心理"与"父母心理"》 [日] 小野濑健人 / 著

《儿童进食障碍的实证研究》 [日] 稻沼邦夫 / 著

第 5 章

恢复期

新生活

我人生中第一座属于自己的城池,位于距离大学步行十分钟的地方。那是一间五张榻榻米大小的老旧公寓,有一间整体卫浴,一处小得连放砧板的空间都没有的厨房,阳台窄到站不下人,唯一的作用只有通风换气,以及不知道为什么自来水管在早上总是会先流出棕色的水。

大学选社团,我加入了弦乐团。其实我一直对音乐感兴趣,但由于姐姐初中和高中都在玩吹奏乐、搞乐队,我不喜欢被拿来与她比较,所以一直回避。以及,比起不会音乐这件事,我更忧心自己总是顺从内心的思维定势,什么都不尝试就放弃。这回看到社团的宣传板上写着"初学者我们也耐心教!",我想试试自己行不行,下决心加入了。

<u>开始独立生活后,我依旧每天暴食,不过症状有所减轻。</u>这或许有些令人难以置信,但就是自然而然地发生了。饥渴感弱化,从之前的绞痛变成了近似阵阵抽痛的感觉。伴随着强烈的冲动,暴食频率偶有波动,但已降到了每月一两次。

这种变化可能是因为现在我能自己掌控吃饭的时间和量，不用担心暴食时被别人打扰，心理压力减轻了不少。

<u>为了在晚餐时暴食，我在其他餐不摄入卡路里。</u>

早餐就一杯黑咖啡。午休时间如果大学的朋友叫我去食堂，我就以"我还有事"或者"早餐吃太多了"为由拒绝。虽然担心朋友们会对我总是不吃午饭这件事有看法，但实在不想再假装吃饭了。

午餐是一瓶低卡路里的营养饮料[1]。我在大学图书馆看画册或者做作业来打发午休时间，下午上课再和朋友碰面。下课后，我在回家路上的便利店或超市囤购暴食要吃的食材带回家。洗完澡，便在小厨房里做蔬菜汤或者沙拉之类低卡路里的蔬菜料理。吃下几碗后，我就开始暴食。

高中时期的暴食，要是不大吃特吃那些在厌食症期间吃不了的芭菲大小的冰激凌、甜面包、蛋糕等高甜度高卡路里的食物，我就不满足。但现在不一样了，只要吃上一两个冰激凌或者鲜奶油布丁，再搭配一些零卡路里的果冻，刨冰、水果干[2]等卡路里较低的甜食，也不会引起反弹。

但另一方面，<u>暴食的时间拉长了</u>。我一般先吃掉买回来食物的半数，然后画一会儿画，再吃点冰激凌，接着又画画，

---

[1] 我选择喝每瓶卡路里低于二十千卡的饮料。
[2] 一份刨冰大约一百千卡，水果干大约（每五十克）一百七十五千卡。

磨磨蹭蹭地吃上几个小时。

临近晚上十二点，感到困意袭来就去刷牙，然后钻进被窝。到那时肚子已经撑得快要裂开。<u>我担心第二天早上想暴食会耽误去学校上课，所以眼前这顿不吃到过量就不安心。</u>早上起床后，肚子里好像还残留着食物，很恶心，早餐只喝黑咖啡足矣。

工作日就是这样循环往复。休息日如果没有社团活动，我从早上就开始暴食，感觉在家期间一直在吃东西。

我的体重还是和高中时差不多，维持在54公斤，但我并不满意。在我大脑的某个角落，减肥的念头一直若隐若现，我时常想找机会瘦下来。所以，除了暴食以外，我绝对遵守以减肥为前提的饮食计划。

在我看来，蔬菜是不会让人发胖的食物，所以在暴食之前我会做沙拉、蔬菜汤或者水煮菜。为避免从调料中摄入多余热量，<u>我只用酱油、盐、胡椒、料酒、味淋、高汤、无油的青紫苏酱</u>。像法式汤料包、番茄罐头、咖喱粉这些我都不用，所以做出来的汤味道总是差不多。

为了减肥，我在蔬菜汤里加入粉丝来增加分量，还加入生姜泥来提高身体代谢。

<u>我最抗拒的是油，甚至不愿意在平底锅里铺一层薄油，</u>

做炖菜也绝不事先炒制食材。因为不能出现有炒制工序的菜，我做的基本只有沙拉、汤和炖菜。

除此之外，我还决定在暴食之后吃泻药。<u>总觉得食物在肚子里长时间停留会让我变胖，只想快点排出体外。</u>起初我还按照规定的剂量服药，后来吃多了产生耐药性，每每增加剂量，没多久就变成要吃两倍的量才有效。

再后来，我不在家里放体重秤了。因为只要一称体重，<u>发现自己重了一公斤，我就在意得连暴食都进行不下去，心中恐惧。</u>

* * *

入学几个月，大学生活一切顺利。美术专业的实操课非常有趣，能学到金属加工和陶艺等新技术。

我在美术专业交到了朋友，社团里的人际关系也融洽。没想到社团活动竟然那么正规。每周训练三次，一年举办四场演奏会，每次演奏会都得记住许多首曲子。社团的技术顾问是专业演奏家，对演奏技术的要求颇高。

我光是识谱[1]就花了很长时间。大概过了一个月，我负

---

[1] 要演奏出乐曲就得识谱，包括识读音程、强弱、速度等。

责的弦乐器才能演奏得像那么回事。为了能跟上合奏，必须在课后花大量时间练习。

自从加入社团，学长学姐经常叫我们出去吃饭，但我根本无法想象出去吃饭会怎么样。

最让我担心的是，我会被迫身处一种无法自主控制饮食的环境。本来每天早上和中午控制卡路里摄入，晚餐随心所欲地吃东西，但一想到这样的生活会被打乱，我就满心不安。

然而考虑到今后在社团里的人际关系，我又不能一直拒绝。绞尽脑汁想出一个办法，就是只参加提前两周定好的饭局。事先知道安排，我就能做好心理准备，更重要的是可以提前调整卡路里摄入。事前一天把暴食的量减半，外出吃饭的当天早上和中午除了喝点东西，什么都不吃，这样就算在外面吃了高卡路里的食物，我也能安慰自己没什么大不了。我从高中开始就一直是这样，只要一减少卡路里摄入就莫名地觉得"自己没问题"，心情也轻松起来。

以暴食为中心的饮食营养摄入不均衡，我也担心会生病，所以在外面我会吃平时避之不及的肉类、鱼类等蛋白质，以及米、面等碳水化合物。油炸食品我连看都不想看，但为了不引起别人的怀疑，还是会吃上一个。

尽管如此，在外吃饭时，比起自己想吃的东西，我还是会下意识地选择低卡路里的菜品。外食解除了禁制,回家后我往往忍不住吃甜食,所以我把聚餐的次数控制在最少。

＊　＊　＊

我就读的师范大学有短时间内修完一科的暑期集训。美术专业大一学生的必修课是色彩学[1]。

在课堂上,我认识了<u>光学三原色</u>。光学三原色的红、绿、蓝三种色光混合在一起会变得明亮,接近白色,这是一种混色方法。看着讲台前屏幕上三种颜色的圆重叠在一起,我想起了在北三病区遇到的患者们。

高一时,听说自己要住进精神科医院,我害怕了。彼时电视上精神科医院封闭式病区的画面一下子闪现在我的脑海中。那是一段模糊的记忆,昏暗的电视画面中,疑似患者的叫声和护士尖锐的呼喊声交织在一起。纯白的病房,还有里面蠕动的人类,都像是来自另一个世界。

高一的我可能觉得世界上存在"**健康的人**",而得了厌食症的我被排除在外,成了另一种生物。就好像原本容纳我的容器,某天突然被换成了"**其他形状的容器**"。

---

[1] 这门课程教授色彩种类等基础知识、配色方法以及颜色对心理的影响等。

如今电视上有关于抑郁症等精神障碍的报道，也有不少讲述患者经历的文章和视频，人们或许对这些疾病有了一定程度的认知。但在我读高中的时候，信息匮乏，人们的认识不足，导致社会上对精神障碍存在强烈的偏见。就连我自己，之前都没听说过厌食症这个病名。

实际在北三病区生活过后，<u>我感觉大家都是一样的人，虽然这好像是理所当然的。在我的印象中，那里有很多过度敏感、心思细腻的人，但绝不是什么"其他形状的容器"。</u>出院后，我一直在思考该如何表达自己当时的感受。

红、绿、蓝三色光的重合之处会变白——如果用白色代表"健康的人"，红色代表"抑郁症"，绿色代表"厌食症"，蓝色代表"惊恐障碍"，那么"健康的人"其实就是"平均包含各种精神障碍（颜色）"的集合。作为当事人，我的感受大概就是这样。没有什么医学根据，我也不是说这就是对的，只是借助这个结构，让自己更容易梳理内心的感受。

<u>我们所处的容器没有改变，只是光照的角度变了而已。</u>这样思考更能拯救我。

* * *

集训结束后，便是漫长的暑假。我除了和社团、美术专业的好友一起出去玩了几次，以及盂兰盆节回老家探亲，其余时间都窝在房间里画画。房间里没有电视、游戏机、漫画等娱乐用品。我害怕一个人坐电车出行，也想不到什么特别想去的地方。

自从不用去学校上课，我的生活节奏乱了套。暴食不再局限于晚上，只要我在家，想开始就随时开始。

暑假快结束的一天，我像往常一样画着画。因为舍不得电费，我关掉了空调，房间热得像个蒸笼，我全身都冒出了细密的汗珠。我抬起头想拿橡皮擦，动作僵住了。只见矮桌上的纸和铅笔周围散落着冰激凌和果冻的包装。我跪坐在地上，脚边凌乱地丢着画完的白纸，纸缝间还能看到点心包装袋。

我想起来了。今早醒来我突然想暴食，把从便利店买来的点心吃得到处都是，然后就这么开始画画。

便利店的塑料袋掉在冰箱前，里面还剩了一些为暴食准备的点心。我不知道买多少才够，所以每次都买多。冰箱里应该还有为减肥常备的零卡路里果冻和无糖可乐。

突然，清晰的蝉鸣声闯进耳朵。蝉叫得那么大声，我之前居然完全没有注意到。也许是受到了听觉的刺激，化掉的冰激凌散发出的浓郁香草味扑鼻而来。为什么冰激凌融化后的香气和味道都更甜呢？甜得过火，让人恶心。

就在那时，我意识到，这凌乱的房间里的"所有东西"，

<u>都是我爱自己、守护自己留下的残骸，是一种自我陶醉。</u>

我把矮桌上画了一半的纸胡乱揉成一团，和滚落在地上的冰激凌包装一起装进垃圾袋，扎紧袋口。

<u>从那天起，我再也拿不起画笔了。</u>

空白的意义

大一的暑假过后,我再也没在自己房间里画过画。

就算在纸上落笔,我也会突然不知所措,什么也画不出来就放下铅笔。小的时候,只要一拿起铅笔,我就画思泉涌。可自从那天起,我什么也感觉不到了。我凝视着眼前的白纸,只觉得自己是如此无趣、空虚的生物。

我自己也不知道为什么画不出来。<u>曾经沉迷画画的热情消失了,取而代之的是从胃部灼烧上来的腥甜恶心之感,让我全无画画的兴致。</u>

在大学课堂上画画时,要画的对象是给定的,不需要自己思考,所以还能勉强画出来,过程中也能找到一点快乐。但这远不及以前自己自由作画时的兴奋劲儿。

从前我一有空就画画,现在待在房间里却不知道该做些什么。看视频打发时间也觉得缺了点东西。

这种时候,我就会下意识地伸手去拿食物。<u>只要吃点东西,空白无聊的时间好像就有了意义,心情也能轻松一些。</u>

因为待在家里就会不停地吃东西,所以不管是工作日还是休息日,我都在学校里一直待到晚上。为了分散想吃东西的欲望,我在学校里找事做,比如练习乐器或者做作业。哪怕无法集中精力,只要能把时间打发过去就行。

忙活的时候只要稍微有点饥饿感,我就吃糖来缓解。像嚼饼干一样咔嚓咔嚓把糖咬碎,每天能吃完一袋。即便如此,我偶尔还是会控制不住暴食的冲动,在小卖部买一堆点心,躲在无人的教室里偷偷吃。

* * *

大三的时候,我修读了产品设计课[1]。

第一堂课的作业是"从校内图书馆选出一本你认为装帧设计出色的书"。有个学弟选的白色封面上压印灰色英文标题的书获得了很高的评价。那本书确实简洁时尚,但不知为何,我就是无法认同。

下课后,我想起姐姐所在的设计研究室。姐姐就住在附近,但自从我搬家第一天跟她打过招呼后,我们几乎没再见过面。我联系了姐姐,她把我叫到了她的房间。

---

[1] 设计文具等生活用品,乃至家用电器等,产品种类涉及很多领域。

在姐姐的房间里,我说起课上的事,姐姐拿出一张名片问我:"这张名片设计得很好,你知道好在哪里吗?"

那是一家私立医院的名片,略带奶油色的白纸中央印着公司的商标。这和课堂上获得好评的那本书的装帧很像。我摇摇头。姐姐指了指纸张的空白部分。

"仔细看这里。纸的表面有一点凹凸不平,对吧?留白就是为了突出这点而存在的。空白并非毫无意义。空白、白色、纸张质地、文字形状、文字之间的行距,都是为了展现设计理念而存在的。每一个要素都有其意义。美晴,你得学会看清这些。"

听到这番话的瞬间,我的世界好像发生了转变。就连纸张的每一处纹理、每一道凹陷里的阴影都清晰可感。几秒钟前我还毫无察觉、以为不存在的东西,此刻却带着真实的质量和质感显现,戳痛了我。

我从姐姐手中接过名片,用右手大拇指轻轻摩挲表面的凹凸纹理。

"我明白你的意思了,谢谢。"

经历那件事以后,我开始追求自己作品的意义,深入到每个细节。每次有设计作业,我都把设计图和试作样品拿给姐姐看,和她交流意见。

交流过程中我的思考更加深入，注意到了一些以前甚至从未疑惑过的东西。<u>虽然我们聊的都是设计和创作方面的事，但比起一起生活的那十六年，我现在更能理解姐姐了。</u>

一直以来，我都觉得姐姐和我完全相反。我因为容貌上的差距自卑是肯定的，而姐姐是个坚定不移、意志坚强的人，她能看清自己需要什么，也有做出选择的能力和自信。不管是学校里的人际关系、社团活动，还是穿什么衣服，她都能毫不犹豫地做选择，因此过得游刃有余。姐姐身上都是我没有的特质，我站在她身边有压力。

但是现在我们都二十多岁了，我看到了完全不同的一面。姐姐看似坚强，是因为她从不言说，不在我和其他家人面前表露脆弱。其实她也会迷茫，也会犯错，也有疏忽的时候。或许是我之前擅自把妹妹对姐姐的憧憬重重地压在了她身上。

我和姐姐很像，不管是在创作和思考方式上，还是在自身的不足上。<u>说不定，大家都意外地相同。一直以来，我都觉得唯独自己是差劲的生物，受人排挤。但我和姐姐一样，和其他人一样，不过是个普通人，这是无法隐藏的事实。</u>

* * *

上了产品设计课之后，我开始根据照片、数码等不同类型的作品,换用不同的技法创作。因此在大三选择研究室时,我加入了"绘画研究室",这里的学生大多创作表现形式丰富的"当代艺术"。

绘画研究室的屋子被用作学生的创作间,我也分到了一块创作空间,但我大部分时间都在住处或者微机教室,很少去研究室。

一个休息日,我去研究室拿我忘在那儿的东西,看到有人在里面创作。那人在研究室北侧角落靠窗的位置,抱着胳膊站在一幅比自己还高的油画布前。

她叫夏子,和我同年级。夏子打扮时髦,而我比较朴素,我们的朋友圈不一样,之前没怎么接触过。

夏子是我们师范大学里少有的热衷于自主创作的学生。师范大学的美术专业和美术大学相比,虽然都是学美术的,但学习环境和所学内容天差地别。师范大学毕竟以教育学为主,实操课都是为了以后能教学生,相较于美术大学,我们学的知识广而浅。这里的学生大多想成为美术老师,很少有热衷于创作的。在我们这一届,只有夏子一个人从大一开始就坚持画画。

我没有打扰夏子,就这么站在门口观察她画画。夏子像是想起了什么,抬起头走近画布,用大号画笔蘸满油画颜料,"咚"的一声落在画布上,横着拉出一条长长的线。她重复着这个动作，在画布上画出好几层流动的线条。

夏子用的颜色都是彩度较低的暗色，暗淡的线条和她身穿白色连衣裙的背影融入了画布的留白之中，一切都变得朦胧起来，美丽不可方物。

我一直盯着夏子的身影，直到她完工后转过头来。

* * *

从九月开始，我参加教学实习，在高中当了三周美术课老师。实习结束时，我的体重**减轻了七公斤，变成45公斤**。

体重下降这么多，是因为从准备实习的暑假开始，我就没办法尽情暴食了。<u>因为担心实习失败，我一有时间就用来备课，根本没空休息。</u>别说暴食了，有时我甚至一整天只吃罐头和果冻，精神上被逼到了绝境。

我并非完全没察觉到自己瘦了。但自从了解**体象障碍**之后，我就不太相信自己的感觉，直到朋友指出我瘦了，我还一直以为是我的错觉。

为了让体重维持在40多公斤,我把暴食的频率降到每周三四次。我能允许频率降低，但**绝对不可能完全戒掉**。就算强行戒除，也会冲动爆发使情况恶化，重演高中时的事。

依旧被疾病掌控

大三那年一月份，我开始找工作。师范大学毕业的学生大多想当教师，要参加教师招聘考试。但我经历过教学实习后决定不走教师这条路，选择应聘普通企业。

我在产品设计课上感受到了设计的意义，将商业设计师作为求职的第一志愿。应聘设计师一职，汇总个人作品的作品集是一项重要的评判依据。我在设计和材料选择上花了不少心思，历经一个月完成了一份约四十页的作品集。

设计师是热门职业，竞争激烈。我没有相关实习，没有任何能吸引企业目光的业绩。大部分公司，我在应聘申请表筛选这一关就落选了，连展示作品集的机会都难以争取到。

找了四个月的工作，我也升入了大四，但是没有收到任何一家公司的录用通知。我只好放弃第一志愿，也开始应聘行政和销售类岗位。我并非想做这类工作，只是不得不选择录用概率大的公司。我通过了一些公司的材料审核，但这次又在面试环节被淘汰了。

为了不给周围的人添麻烦，找工作期间，我依旧兼顾社团活动和打零工。在乐团合奏顺利结束后回住处的路上，看到企业发来的拒绝邮件，心里别提多不是滋味了。

七月。为了全身心投入社团的毕业演奏会以及毕业设计，我决定暂停找工作，并告知父母自己打算毕业后再继续找。

毕业演奏会在秋末举行，这是汇聚了四年训练成果的重要演出。当最后一曲演奏完毕，会场内的观众掌声雷动。我走下舞台，接受学长学姐的慰问，与学弟学妹们交谈，却怎么也哭不出来。

直到演奏会前一天，技术顾问还在不停地批评我"水平太低"，"演奏成这样就别上台了"。即便练到手指都肿了，我依旧没能达到技术顾问的要求。我明明从大四起已经当上了声部首席……真丢脸，抬不起头。

我一直认为，像我这样资质欠佳的人，只要付出别人三倍的努力，就能收获和别人差不多的成果。高中时由于住院和暴食，我的社团活动和学习都不尽如人意，所以上了大学才更想好好努力。

社团是我大学生活中投入练习时间最多的地方。可是，<u>我的四年时光，或许就像技术顾问在合奏练习时摔在地板上的指挥棒一样，轻轻地滚走了，毫无价值。</u>

努力不一定会有回报，这没什么稀奇，是大家都明白的道理。可是被直接点明这一点的瞬间,我真的感觉自己像垃圾一样,讨厌至极。

*　　*　　*

我的毕业设计是以纸为原料的半立体作品,没办法在自己的房间里制作。制作毕业设计期间,我常泡在绘画研究室里,开始和夏子有了交流。

我从没见过夏子这种类型的人。她创作的也是当代艺术作品,但她拥有丰富的美术知识,交谈间对艺术家以及各种美术及哲学思想信手拈来。

夏子谈及自己的作品时,遣词造句很有特点。她说出的话和我不同,这肯定不单单是因为其中包含美术概念,更在于她义无反顾地尝试用语言去探寻自己思考的原型,小心翼翼地组织语言。

我们在创作间隙断断续续地交流创作心得。我对美术概念了解有限,说不出夏子那种富有知性的话语。我们和总是一起吵吵闹闹的朋友又不太一样,彼此都察觉到了某种相似之处,都在通过对话来确认这一点。

一天晚上,搞创作搞到疲惫的夏子和我搬着椅子坐在煤油暖炉前休息。夏子在暖炉上铺了锡纸,边在上面烤着棉花糖和脆饼干边聊了起来。

"我进这所大学，是因为没考上第一志愿的美术大学，所以一直对在这里上学感到自卑。师范大学没什么美术资源，也不能像在美术大学一样接触到知名人士。身边也没有一起拼搏的朋友，到现在我都是一个人画画。不过，现在我觉得来到这里也挺好。要是当初进了美术大学，我可能不会像现在这样自问自答，思考自己为什么非要画画。虽然过程痛苦，但有意义。"

夏子的眼睛映出煤油暖炉的火光，摇曳生辉。

"我想成为一名艺术家，一直画画，以画画为生。"

听到夏子的话，我的脑海中浮现出她在研究室角落里不停画线的身影。那时，她面朝画布，完全没注意到我。我望着她的背影，感觉她的兴奋仿佛在空气中弥漫开来，传至我身边。

这或许就是我所向往的。

无论是大三时，还是现在与她一起创作时，我都不禁产生这样的想法。夏子坚持画画四年，而我却画不下去了。<u>对我而言，所谓才能就是对事物的执着程度。夏子便具备这一点</u>。

强烈的焦躁感掠过心间。

焦躁一经萌芽，就持续啃噬我的内心。我对自己的这四年本应是不后悔的。

然而，现在的我无论如何都做不到和夏子一样。

直到初中阶段，我还能像夏子那样专注于画画或学习数个小时。但自从患上厌食症，我就变了。当时我为了瘦下来几乎搭上了自己的全部。那种感觉才堪称在死亡边缘徘徊。

<u>住院后，我慢慢允许自己吃东西，可在这个过程中，我害怕再次把自己囚困住。我不知道该在那根松弛已久的绳子上施加多大的力，才能在保全自我的同时，还能再拼点劲儿。</u>

<u>我觉得专注于某件事，就如同再次靠近死亡。</u>

我不愿相信自己仍是个病人，所以当黑田医生说"不用再复诊"时，我便深信厌食症已经痊愈。然而，我确实变了，会不会与生病有关呢？我的内心深处没来由地这样觉着。

<u>或许，是时候直面我一直刻意回避的事情了。</u>

* * *

深夜，我打开笔记本电脑，在搜索栏输入"进食障碍症状"，按下回车键，弹出了许多链接。我至今一次也没查过自己的病症。我害怕一旦知晓，就回不到过去的自己了。

我点击最上面的链接，打开页面。"关于进食障碍"这几个粗体字下方，以中等字号罗列着几个病名。我点击"厌食症",出现了症状说明。上面写着"厌食症可能会中途转变为贪食症"。

我返回页面,点击"贪食症"。贪食症的症状与我的"暴食"过于相似。我的手颤抖起来,只有眼睛不由自主地继续追着文章往下看。"进食障碍是难以克服的疾病,即便症状一度平息,压力大的时候也很可能再次发作……"

我越查越觉得自己的行为与进食障碍患者的特征吻合。不仅仅是暴食,只要涉及食物就情绪失控大声喊叫、和别人一起吃饭会感到难受、吃不下别人送的食物等等,都能找到类似的病例。

我曾以为全都是自己的错,还一直内疚因为自己性格不好,伤害了家人和朋友。

能吃下很多东西并非因为厌食症痊愈,只是转变成了贪食症这种新的疾病。我的痛苦与抉择,不过是疾病的一部分。"错在疾病"让我获得了很大程度的赦免,同时也被迫认识到自己仍旧被疾病掌控着。

躺在被窝里,我全无睡意。十六岁时诊断出厌食症,今年都二十二岁了。望着从窗帘上方缝隙漏进来的光线,我轻声呢喃:"六年,好长啊,都够从小学一年级读到毕业了。"现实令我笑不出来,甚至连叹息都没有。

我不再对暴食怀有崇拜，也不感觉厌恶。它是一种能让我保持正常状态的仪式。相比暴食本身，我更怕戒掉它。因为就算勉强戒掉，要么是厌食症复发，要么是贪食症加重，无论哪种结果都只会让状况更糟糕。

戒不掉暴食，就不能自如地与他人一起吃饭。像这样的人，怎么可能和他人共同生活下去？小时候，我曾懵懵懂懂地想过自己将来有一天也会结婚，现在看来不可能了。

坚持自己这套饮食模式，或许能维持内心的平静。但这样注定孤身一人。我将一辈子待在狭小的房间里，透过窗玻璃遥望外面的世界，慢慢走向死亡。

我感觉肺部周围沉闷，用右手抓挠胸口。我感觉脖子和胸口之间缠了好几条细细的红线，就像是描摹出了我听到夏子那番话时心中焦躁的痕迹。

如果我没患过进食障碍该多好。

那样的话，或许我会过上更好的人生。在高中时更多为自己的未来打算，努力学习，说不定能考上美术大学。也许能毫无顾虑地和朋友一起吃饭。或许现在还在画画。或许能描绘出与某人携手共度的未来。

我都那么痛苦了，却依旧没能从疾病中解脱出来。这六年的时光白费了吗？

过去的日子如巨石压在胸口，我无法顺畅呼吸。眼睛发热,脸颊淌过一阵冰凉。我忍不住呜咽,泪滴流进了嘴里。

我哭啊哭,我的脸,还有时间,都被泪水泡得皱皱巴巴。当泪水渐渐变干,我突然想:算了,都算了吧。放弃想吃就吃、吃饱就能停下来的念头,也放弃与他人共同生活的幻想,把这些统统抛掉。

每当看到夏子,我就回想起以前常有的那种兴奋到血液沸腾以至于忘却时间的感觉。我也想像夏子一样生活。只要能再次沉浸在那种冲动中,再怎么孤独都无所谓。为了重新找回那种感觉,我愿意竭尽全力,哪怕孤独死去。

直到毕业前,我的日程都安排得满满当当。我一股脑儿地推进毕业设计、担任毕业设计图鉴主编、打零工、去驾校学习等安排。因为只有每天忙得连轴转,我才能将放弃找工作的罪恶感以及面对夏子的自卑感赶出脑海。

三月,我大学毕业了。

克服的定义

我想再体验一次忘却时间的兴奋，但不知道具体该做什么才能实现。于是，我决定和拥有这种感觉的夏子一样，立志成为艺术家。

我憧憬成为艺术家并非虚假。但若问我是否像说"以画画为生"的夏子一样认真，我还没有那个自信。想成为艺术家的人数不胜数，只是抱着浅尝辄止的心态去追求，总归不太合适。我心中涌起罪恶感，又担心一旦停下脚步就彻底动不了了，所以决定姑且先向前迈进。

我了解到很多作为艺术家活跃的人都有副业，便也决定同时找工作。我多少有些存款，再加上打零工的收入，暂时能勉强糊口。

大学毕业后，朋友们要么成为了老师，要么进入普通企业工作，夏子则升入了研究生院。反观我自己，父母花了那么多钱供我上师范大学，可我没有当老师，找工作也半途而废，现在只能打工。

这都是我自己的选择，我不后悔。说是这么说，但<u>每当</u>

<u>看到已经步入社会的朋友，莫名的焦虑和罪恶感还是会涌上心头，总觉得自己必须尽快拿出一些成果。</u>

在当代艺术领域，有不少人在公开征集中获奖从而被认定为艺术家。

我现在的创作风格和毕业设计一样，主要是以纸为原料的半立体作品，从开始制作到完成要耗费很长时间。为了直截了当地检验自己的实力，我决定把学生时代的试作样品稍作修改，拿去参加公开征集。

我心里清楚，第一次参加公开征集展就获奖出道，这种梦幻般的事不可能发生。况且我本就不觉得自己有天赋。从长远来看，定期每半年参加一次公开征集比较好。下次公开征集时，我必须预留足够的创作时间，拿出新作品。

学生时代，老师会主动布置作业，我们只需朝着老师的要求努力就好。作品的优劣也由老师评判。然而从今往后，一切都要靠自己。

夏子曾经说她"一边独自创作，一边思考自己为什么非要画画"，现在我感同身受。<u>自主创作代表没有人给你提要求，不仅作品的方向不好确定，连创作的意义都难以找寻。</u>

而且搞创作需要大量的金钱和时间。

画材价格不菲。光是备齐创作所需的画材和用具，就得花费数万日元。

而且仅仅是报名参加公开征集，报名费就从几千日元到一万日元不等。再加上作品的包装材料和运费等，可能要花上两万日元左右。

时间方面同样如此。不同的创作风格花的时间不一样，但确定创作方向、寻找符合表现需求的素材和画材，再经过多次尝试创作，最终完成一件作品，花上几个月再正常不过。

在不确定是否能获得好评的事情上，投入自己的金钱和时间。仅仅凭借"喜欢"这一点理由坚持创作，太过沉重。如果不能明确作品想要表达什么，以及自己做这件事的意义，根本坚持不下去。

我把自己关在房间里创作。如果只是单纯动手操作，即便注意力不太集中，也能坚持一段时间。但需要动脑思考的工作，我坚持不到三十分钟，思维就会受阻，什么都做不了。就像在雾中行走。手脚仿佛被浓雾遮住，就算往雾里丢入文字，转眼再难辨其形。

睡一觉后注意力会有所恢复，所以在不用去打工的日子里，只要创作时注意力不集中了，我就去睡觉，每天如此反复数次。

差不多四个月过去了。

第一次参加公开征集,我在第一轮选拔中就落选了。虽然这在意料之中,但还是深受打击。被别人清楚明白地否定,果然很难受。

找工作也是,又被好几家公司拒绝了。我比学生时代面试时对答得更好,还抱有一丝期待,结果期望越大失望越大。

<u>这个时期,我的暴食突然加重。</u>在创作过程中,一旦注意力不集中,脑袋就昏昏沉沉的,禁不住想吃甜食。饥渴感瞬间袭来,我跑去便利店买一大堆点心。一回到房间就赶紧往嘴里猛塞,一直吃到肚子胀得难受。暴食之后就算我想再次开始创作,但因为恶心胃胀,连坐着都觉得难受,创作只能停滞。

我一定是<u>不想面对创作进展不顺的现实,才会通过暴食让自己处于物理层面动弹不得的状态,以此来逃避</u>。我太没用了。或许吃下去的食物已在肚子里腐烂,侵蚀我的内心世界。

我抱着鼓鼓的肚子,蹲在床上,想起一件事。此前经人介绍认识了一位女性,她建议我把作品集拿给她身为设计师的丈夫看看。

"还不错,"他微笑着说,"但是作品的体系比较混乱,看不出你的创作方向。你想做什么?"我微微张嘴,正准备说点什么,却僵在了那里。我们双双陷入沉默。<u>我知道必须得回答点什么，慌忙在脑海中搜寻本该存在的话语，却一无所获。我一片空白。

看着沉默不语的我，他有些无趣地耷拉下眉毛和嘴角："三十岁之前还找不到自己想做的事，可不行啊。"说完，便把作品集递给了我。

从那以后，每次暴食到动弹不得时，我都问自己："我想做什么？"但始终答不出来。我能活到现在，头脑中肯定有类似某种意志的东西在支撑着我，但我不知道那是什么。

到底该怎么说，才能给出让设计师满意的正确答案呢？好不容易遇上的机会，却因为自己的问题没能抓住，我懊悔不已。

* * *

夏子在夏天举办了她的首次个展，会场是当代艺术领域的一家老字号画廊[1]。十二张榻榻米大小的白色立方体[2]里，整齐地排列着五〇号和一〇〇号[3]的画布。

---

[1] 本文中的画廊是出租画廊，指出租展览场地并从办展者那里收取费用的画廊。与和艺术家签约、进行作品展示和销售的商业画廊（企划画廊）不同。

[2] 没有装饰，墙壁和天花板都粉刷成白色，像白色立方体一样的展示空间。

[3] 画布根据比例分为 F、M、P 等各种类型，这里使用的画布尺寸为五〇号 M（1167毫米 ×727毫米）和一〇〇号 F（1620毫米 ×1303毫米）。

夏子画的是风景画。可能是因为画布上铺了一层清透的底色，每一笔都显得有深度。混合了蜡的颜料在笔触强劲的地方堆积，仿佛将时间凝结在画布之上。

夏子的个人简介下方放着一则新闻报道，角落里刊登着关于夏子个展的消息。

"你的个展被报道了呀，真厉害！"

"报道的内容……我不太满意。我希望他们写报道之前能好好研读展览的理念。罢了，还是希望看到报道后，能有更多人对展览感兴趣。"

我递上慰问品后，夏子在画廊的角落里摆好椅子，给我倒了茶。

"我想借这次个展创造机会。毕竟距离研究生毕业只有两年了，时间紧迫。朋友们能过来我很开心，但为了实现梦想，只有让更多的人来看展才有意义。所以我选择了这家和收藏家、评论家有人脉往来的画廊，我的个展资料应该已经直邮给他们了，他们或许会来看展，至于能不能建立联系，就要看作品了。展览期间，我请了专业摄影师拍照，还打算制作图鉴。"

夏子和我看到的世界截然不同，我总是为自身的问题焦头烂额。双方见地的高下之别，是因为在作品上投入的时间不同，还是源于个人资质的差距呢？不管是哪种原因，都让我晕眩。

"对了，昨天个展来了个外国人，那人对我说'你的画带有日本色彩'。"

"咦？你画的是油画，也没用到日本的传统颜色吧？虽然你的配色很独特，在原色里混入了灰色，但我倒没觉得带有日本特点。"

"我也没有那个意识，所以很惊讶。一问原因，那人说和他们国家相比，日本人的画中所有颜色都显得暗淡。"

"是因为空气中的含水量不同吗？"

"我不知道，大概是吧。那个外国人的国家可能很干燥。"

这时，画廊里一位男士走了过来，夏子站起身。我本想和夏子多聊几句的，只能向她轻轻挥了挥手，走出画廊。

我朝着车站走去。毕业后，我和夏子见过几次面，每次交谈后都有些失落。知识、经验、实力，我在哪个方面都比不上她，真没出息。但是夏子让我看到了全新的世界，激励我向前。

此时已近黄昏，房屋和树木仿佛都微微泛红。在我眼中鲜艳的红色，在那个外国人看来是否是别的颜色呢？

或许不仅是因为国家不同。

看着夏子的画，我发觉即便我和夏子站得很近，看到的也是完全不同的世界。所以我才觉得她的画很美，我喜欢。

我也想办个展。比起苦苦等待在公开征集中获奖,办个展或许能向艺术家更进一步。我不仅崇拜夏子,也想能和她比肩。

美术馆是著名艺术家举办展览的地方,入场费较高。而画廊能为学生和业余艺术家提供展览机会,并且很多都是免入场费的。

听夏子说,要在人脉广博的画廊办个展,必须先让画廊老板看到自己的作品,个展策划通过才能办。

为了寻找举办个展的场地,我决定去市内与当代艺术相关的画廊参观。第一次参观画廊时,我紧张得连门都不敢打开。

接连几次都是这样。后来我得知一家画廊要举办开展派对[1]。我来到会场,平日里紧闭的门此刻敞开着,里面传来谈话声。

我朝室内望去,桌子上摆放着酒和轻食,几个人单手持酒杯,正开心地站着聊天。

没有了平时让人望而却步的氛围,我很顺利地走进了会

---

[1] 艺术画廊有时会在展览首日的晚上举办作品发布派对,多数情况下任何人都能免费参加。在派对上,不仅有展出作品的创作者、画廊老板以及和创作者有关系的人,艺术界的人士也会前来参观购买作品或是与创作者签订工作合同。

场。在观看展览作品时，周围的人主动和我打招呼。参加派对的除了画廊老板和办展者，还有艺术家、艺术收藏家、美术大学的学生等，林林总总。

他们和我搭话时，我几乎吐不出几个字。知识上的差距自不必说，更让我折服的是他们对自己作品的阐释。

<u>像艺术这种无法用数值衡量价值的事物，就需要用语言来展现其价值。</u>虽然最理想的作品应该无须言语，仅凭自身就能征服鉴赏者，但仅仅依赖作品本身，身为创作者会觉得有所怠慢。

我一直因为想维持自己的饮食习惯而避免与人接触，就连去陌生的场所都害怕，大学生活基本为公寓和大学两点一线。

然而，与他们交谈后，<u>我才意识到自己之前的人生是多么自我封闭。我的内心世界只有自己。今后仅靠心里的自说自话是不够的。</u>

要在艺术的舞台上拼搏，就不能再说"懂的人自然懂，这就够了"之类幼稚的话。我必须将自己的想法、感受转化为语言表达出来。如果连自己都不展现自身的价值，一切将无从开始。

我下定决心，要学习更多知识，结识更多的人。

* * *

毕业一年后,我拿到了一家中小企业的录用通知,成为了正式员工。不过月薪税前只有十六万日元。扣除房租、电费、煤气费、通讯费、伙食费、税款以及偿还助学贷款后,手头几乎没剩下什么钱。之前我一直靠打零工维持生活,存款也所剩不多。

我曾考虑去学校学习美术,可现实是我不可能有这样的闲工夫。唯一的出路,就是打好"免费"这张牌,尽最大可能获取资源。

工作日的晚上,晚饭后我一边吃点心,一边看当代艺术的解说视频,写总结笔记。这是对于难以长时间集中注意力、看不下去书的我来说,也能做到的简单方法。但是通过视频难以获取详细的信息,还必须借助书籍。为了让自己适应阅读文字,下班后我就去图书馆读上一小时左右的书。只看一遍根本没有印象,所以一行字我会反复阅读好几遍,直到刻在脑海里。

此前,我一直借作品难以归类为日本画或西洋画这种模糊的理由,混迹在当代艺术领域。随着对当代艺术历史和作品的了解逐渐加深,我越发感觉这个艺术世界如此有趣。

当代艺术作品不局限于画布和石膏等一般用于创作的材

料。小便池[1]、自己的身体、自然、空间……世间万物皆可成为表达的载体。<u>明白这一点后，我才发觉自己过去的价值观多么狭隘。</u>

就在这个时候，我参加了一场活动。这场奇特的活动将约三公里长的河滩地划分成多个区间，从起点到终点接力表演。参与者来自各行各业，有舞者、拳法老师、插画家等等，表演形式也不拘一格。

河滩的宽度超过五米，往来的行人自是很多，有人坐在一旁休息，还有人练习乐器，熙熙攘攘。

开场表演的是主办方的舞者。她英姿飒爽地穿过行人的间隙。右脚起跳，在空中高高扬起左臂，手指尽情地舒展，随后落地蹲下，腹部贴地爬行。行人的目光被这位突然起舞的舞者吸引，没过一会儿，人潮退去。舞者再次站起身，赤脚摩擦着地面，步伐庄重，与刚才判若两人。

舞者视线所及之处，一名行人的脸部抽动了一下，僵在原地。舞者应该是看到那人了，却视若无睹，继续走着。她的眼中既没有被人注视的羞赧，也没有因此产生的快感，只是清正坚定而已。

---

[1] 马塞尔·杜尚《泉》（1917年）。

我负责的区间是终点前的浅滩部分，表演内容为用一根线连接约五十米宽的河面。

我请一位参与者帮我拿着工业缝纫线，自己则握着线头开始行进。单手拿着线，涉水横渡河流，我感到无数目光缠绕在身上。用身体表现艺术，意味着将自己的身体暴露在他人面前。过去，我总是害怕他人的目光，只要出现在人前，就会格外在意别人对自己的看法，身体无法正常行动。

但此刻我不在意行人的目光，太不可思议了。可能是因为我的心还因在刚才那位舞者眼睛的余像里，恐惧无可侵入。

走到河面宽度的一半左右时，长长的绳子变得松弛，被水流拉扯着，我难以顺利前行。几位参与者不顾河水浸湿身体，纷纷踏入河中，帮我托住线。我慢慢向前行进，终于抵达了对岸。回头望去，几只手托着白色的丝线，将最初出发的地点和我的手连接在一起。

兴奋贯穿全身，我对着参与者们大声呼喊。几个行人惊讶地看向这边。我毫不在意，更大声地喊"谢谢大家！"，用力挥手。对岸的人也挥手，线也跟着一起摇晃。

表演的最后，我将手中的线头抛向空中。白线随风飘向天空。看着蓝天下飘动的白线，我不由地觉得身体轻飘飘的，仿佛此刻自己也能腾飞。

* * *

回老家时,我和高中时代的朋友一起去兜风。

话题自然而然地转到了高中的事情上。我隐瞒了进食障碍的病名,主动向朋友提起当初我出于精神方面的原因吃不下饭,复学后她以始终如一的态度与我相处,我真的非常开心。

"谢谢你愿意告诉我这些……不过高中的时候,你什么都不说,说实话我挺失落的。我一直等着,等你某天觉得可以跟我倾诉,也就没主动问。我什么忙也没帮上,你还把我当成精神寄托,我很高兴。"

"对不起,没告诉你。我……没有勇气主动说出来,就一直没能开口。"

"别这么说,你想说的时候随时可以找我聊,我会认真听的。不过,你能恢复如初真是太好了。"

出院后我已经听过很多次这句话了,不知为何觉得有些异样。

"恢复?我并没有恢复。"

心中泛起一阵燥热,我的声音同时提高了。

"恢复有什么意义呢?比如我原本是白色的,住院的时候变成了绿色,那现在我还是绿色的。我就以这样的视角看世界。我变了,但有何不可呢?不管是谁,成长之后喜好和价值观都会变化。就像小时候不吃的蔬菜,长大后不知不觉就喜欢上了。这不是一样的道理吗?"

"抱歉,我没考虑那么多就随口说了……我不是故意惹你生气的。"

"该说抱歉的是我,突然这么激动。我不是想责怪你。我也还没理清思绪,表达得不太清楚……"

我们换了话题,沉重的气氛立刻消散了。

兜完风回家,我再次思考那种异样。如果"恢复如初"就是回到生病前的状态,是指可以完全不在乎卡路里,寻常地吃一日三餐,体重也不再偏低吗?那样的话,我感觉即便症状暂时康复,也会因为某个契机被打回原形。

<u>我始终不认为克服进食障碍是恢复和以前一样的饮食习惯。真正应该改变的不是饮食,而是自身。</u>

我无法想象克服疾病究竟是怎样的状态。但是当我对进食障碍绝望而停下脚步时,我开始认真思考疾病、自己生存的意义以及身边的人。一开始,每件事都像触碰到汗毛尖尖一样,模模糊糊,越想越让人不安。但在反复思考的过程中,它们渐渐明朗起来,成为让我注意到曾经折磨我的固有观念和他人善意的契机。

经过八年多的循环往复,我远比生病前更加爱惜自己和身边的人。

<u>我还是有进食障碍。但无论在别人眼中多么怪异,我都更喜欢现在的自己。</u>

每当有这种真切的感受时,我就想创作些什么。虽然还不确定该用什么方式,但<u>我想把自己获得的感悟转化,变成他人能看见的形式。我想留下自己苦恼挣扎生活过的痕迹,来展示自己生存的意义。</u>我希望这个展示的场所,不是有家人在的、他们原来给予我的地方,而是用自己的力量打造的居所。

不明白这种创作冲动从何而来又有什么关系呢?行为的意义往往都是事后才赋予的。就跟着内心的驱使前行吧。

作为前进的一步,我决心明年一定要举办个展。

一切的开端

大学毕业约两年，我依旧定期参加公开征集展，穿梭于各个画廊。我参观过的画廊，算上邻近市的，大概有五十家。

无论是绘画、立体艺术、摄影、影像还是设计等领域，只要看到展览会的宣传页，但凡感兴趣的我都去看看。除此之外，我还去听文化机构举办的艺术家讨论会等活动，也参加美术史的免费演讲。

由于工资没有上涨，生活拮据，为了节省交通费，休息日我常常花上一整天徒步辗转多家画廊和文化机构。

为了拓展人脉，我开始积极参加画廊的开展派对、团体展览的酒会等活动。酒会上，不仅有当代艺术创作者，还有传统手艺人、神秘乐器乐队成员、剧团成员，甚至附近热爱美术的大叔等形形色色的人。虽然我还是做不到和别人一起吃饭，但听他们聊天非常有趣，不知不觉中我也会参与到话题中。

为了能在年内举办个展，我租用了共享工作室，在宽敞的空间里创作大型作品。我还是难以保持注意力，创作进展并不顺利。思路总是很快中断,原地打转,难以深入下去。

我这辈子都很难再做到全神贯注做一件事了。一旦感到不安,饥渴感就从肺部周围一点点涌起,我想用食物填满身体,于是开始暴食。创作没有进展,日程安排延后了。

尽管如此,我也不愿放弃创作。学习美术也好,举办个展也罢,都是我的个人主义。既没有人要求我这么做,也没有收入回报。我不想把自己的行为美化成"拼命努力就是胜利""不放弃就很了不起"。正因为这只是自我满足的行为,所以无论过程多么艰苦,哪怕无人认可,我也不会陷入绝望。

那年秋天,我举办了个展。同事借给我一个空车库,在半室外的环境中展览。我没有选择画廊,是因为在参观众多画廊的过程中,我觉得本该最适合举办展览的白色立方体像是自动制造感动的空间。我想走出画廊,尝试创造一个让观众发现新价值的场所。

我请母校帮忙公示个展的广告,也在社交平台上发布了消息。下班后和休息日,我就坐在车库里,招呼前来参观的人。来访的大多是熟人、邻居和路过的行人。

我花了大约两年时间筹备的首次个展,大约一个月便寂静地落下帷幕。

* * *

毕业三年了,我今年二十六岁。

同龄的夏子已经举办过三次个展。她在大规模的公开征集中三次获得奖项,在获奖者展览中展出过作品,还在东京二次展览。

而我,虽然实现了举办个展的目标,但依旧是个寂寂无名、创作类似于当代艺术作品的人。虽通过了公开征集的一轮选拔,但从二轮选拔开始就很难再进一步。

我和夏子所处的位置相差甚远。

我必须快点到达和夏子一样的高度。

<u>也许是因为失去了举办个展这个重大目标,我又开始暴食了。</u>

工作日要上班,我早上喝黑咖啡,午饭吃方便粉丝,休息时吃一块饼干,晚饭后吃两袋点心,这样的饮食安排就能让我满足。问题在于休息日,<u>要是无事可做,我待在房间里就会不停地吃东西</u>。我感觉肺部周围刺痒,边吃边挠脖子到胸口这片区域。我不明白自己为什么会这么饿。不赶紧满足就会死掉——我净想这些不可能发生的事。

暴食加重,身体容易垮掉,思维只会更加混乱,什么事情都做不了。但是如果在这里停滞不前，我和夏子之间的差距只会越来越大。

为了把注意力从食物上转移开，我把每天安排得满满当当。个展结束后，我继续租借共享工作室，利用休息日和工作室成员一起在室内展示作品。创作不顺利的时候，我就去美术馆和画廊，尽量不在房间里待着。

工作日的晚上，以防万一，我也给自己安排了活动。下班回家的路上，我在录像带出租店租电影光碟看，从默片看到最新上映的电影。最多的时候，我一个月能看十一场展览，九部电影。

<u>我害怕停下来。一旦无事可做，就只剩下吃东西这一件事。</u>如果又回到关在房间里暴食的日子，那我摆脱自我桎梏所付出的种种努力就都付诸东流了。

* * *

盂兰盆节回老家时，爸爸对我说："你的工资很少，存款也不多吧？要是你愿意，就回家吧。在家能省下房租，生活也轻松些。工作嘛，可以在家慢慢找新的呀。"

听了爸爸温柔的安慰，我在心里咒骂自己。<u>爸爸之所以这么说，还不是因为我在创作和工作上都一事无成吗？</u>夏子肯定就不会这样。

"我不回家,我想靠自己努力。"

"年轻的时候有想法固然好,但你可以把回家的选项放在心底。"爸爸说完便离开了。

我不喜欢依赖父母,觉得那像逃避。自己的未来必须由自己去开拓,否则就没有意义了。

从老家回来后,我带着作品向画廊老板和比较活跃的艺术家展示,征求他们的意见。其中一位画廊老板对我的作品表现出兴趣。我提出想举办个展,对方却拒绝了我,说:"现在办个展还太早。你的作品挺有意思,但是有些肤浅。"

我和夏子保持着半年一次的交流频率。夏子的好奇心从不停歇,除了美术,她对文学、哲学、几何学等领域也感兴趣,每次见面,她都兴奋地分享新发现。即便得了奖,夏子对自己依旧严格要求。她对自己的创作不满足,一直不停地画画。

走投无路的我向夏子发问:"你觉得我的作品怎么样?"夏子总是回避对我的作品发表看法,可这次,她似乎察觉到我钻了牛角尖,便看了我的作品。

"美晴,你的作品相比于表达的内容,更侧重于技法。咱们都聊了好几年了,虽说我不完全了解你创作时的所有想法,但也知道个大概。我感觉你所说的,和你作品使用的表现形式不适配。有没有比现在更合适的表现形式呢？要么让你想在作品中表达的东西更清晰明确，要么让表现形式更复杂多元……具体怎么做我也说不好，可能还是要多试错。"

夏子果然也看透了。<u>我确定不了自己想做什么，所以作品只能以技法为中心。为了掩盖这一点，我做的都是华而不实的表面功夫，所以才肤浅。</u>别人从我的作品里感受不到作者的思想。

我是自己主动寻求建议的，却被当头一棒打得头脑恍惚。

年末，我参加了一场会聚二百位不同领域创作者的大型活动。听说有的创作者在这里结识，一起创业。

活动现场一个熟人也没有，但我调动起逛画廊和展览积累的所有经验，努力推销自己的作品。我递出名片，展示作品集，阐述自己的理念。看过我作品的人都说"挺有趣"，然后就转身离开了。

我做的东西，总是只换来一声回应就没了下文。就好比把一个小盒子放在桌子上，仅能让桌子产生轻微的震动。没人打开盖子，故事无从开启。

<u>更悲哀的是，我竟理所当然地接受了这些反应。因为我心里最清楚，自己没有才能。</u>

从我的住处乘坐特快电车到达活动会场大概需要一个半

小时。活动结束时已将近晚上十点，好在是始发站，我还能坐下。

我坐在座位上，望着窗外的景色。月光为什么泛着蓝色呢？工厂的墙面飞速掠过，黑色中散落着星星点点的蓝色颗粒，仿佛在为黑暗降温。

我突然想把在活动上交换来的名片扔向黑暗中。我嘴上振振有词，说着要靠自己的力量开拓未来，可实际上不过是自己缺少自信，想得到权威人士的背书罢了。

<u>我从小就一直在等待"能理解我价值的人"</u>，祈求有人像救世主一样，牵起抱膝蜷缩的自己。

我多希望有谁能赋予我完美的形态，可一直没能如愿，所以肺部周围才这么难受。

那天酷热难耐。两只蝉像是在互相追赶，此起彼伏地鸣叫着。我从关了灯的昏暗走廊望向院子，碎石子在阳光的照耀下闪闪发光。

那是初三那年夏末的记忆。是我暑假减肥初见成效的时候。

亲戚家的车碾过碎石子发出声响，我到玄关迎接，姐姐也跟着出来了。姐姐的出现让我郁闷。

每次我们一起迎接客人，姐姐总被夸赞"像模特一样""真可爱",而我得到的只有一句简单寒暄。我知道自己没被无视,要求更多就是贪心了,可我还是反感,因为能清清楚楚地意识到姐姐和我如此不同。

碎石子的声响停了,传来关车门的声音,亲戚冒着汗小跑进了玄关。

"美晴,你瘦了!"

我惊呆了。我一直是姐姐的陪衬,这次亲戚竟第一个跟我搭话,而且不是客套的寒暄,是看见我之后给出的夸赞。

我立刻跑到洗手间,在平时避之不及的大镜子里盯着自己看。原本圆圆的脸,现在下巴尖了,吊带衫下露出的手臂比以前纤细。就连曾让我自卑的腿也顺眼了。

今天瘦了被人夸,那明天也瘦的话,是不是还会被夸赞?我可以像姐姐一样被人热情搭话?可以再也不用担心被同班同学嘲笑?可以像其他人一样成为有价值的人?

我离开镜子,从架子下面拿出体重秤,小心翼翼地把脚放上去,盯着两脚之间显示的数字。

那时,我发誓要变得更瘦。

车轮的声音传入耳中。不知何时起目光盯在了大腿上,我眨了会儿眼睛,移开视线。

原来,地狱的开端竟如此微不足道、平淡无奇。姐姐没错，亲戚也没错。一切都再平常不过。没有恶意，也没有讽刺，不过是日常生活的片段。但在不成熟的我心里，那句话就像垂到地狱里的蜘蛛丝[1]，闪着光。我感觉自己终于被看到了。

可能还有更多办法的。现在回想起来，要吸引别人的注意，有无数更加简单的办法。可在当时，我既做不到大声呼喊让别人回头看我，也做不到伸手拉住别人的袖子去挽留。原地不动，紧紧抓住别人向自己抛来的一句话，似乎成了唯一的出路。

<u>持续减肥，不过是当时的我费尽心思想让别人"看看我"的表现。</u>

真是太笨拙了，我笑出了声，又忍不住哭起来。

车内回响的车轮声和我吸鼻子的声音融合，交织成一种声音。

看来，我还没有到达目的地。

---

[1] 日本作家芥川龙之介的短篇小说《蜘蛛丝》中，释迦牟尼想给地狱里苦苦挣扎的犍陀多一次机会，于是将一根蜘蛛丝投入地狱，犍陀多拼命抓住蜘蛛丝试图逃离地狱。可以理解为蜘蛛丝象征从地狱通往极乐的渺茫希望。——译者注

填满我心的东西

大学毕业四年了,我二十七岁。

春天刚过,我就病倒了。像晕船一样的恶心症状持续了大概两周,于是我去医院检查。检查结果显示身体没有问题,查不出不适的原因。

医生问我有没有想到可能的诱因,我回答说"一周工作六天很累"。医生又问"还有其他的吗?",我又说了些自己能想到的情况,接着补充"高中的时候我因为厌食症住过院,现在饮食可能还是有点不正常。"

听到"厌食症"这个病名,医生的脸色立刻变了。他递给我一封介绍信,说:"你的身体不适可能是心理问题导致的。我给你介绍一家心身医学科,你去那里看看吧。"

我没想到仅仅提了一句"厌食症",医生就建议我去看心身医学科。带着困惑,我前往医生介绍的心身医学科。如今我更加深刻地体会到"厌食症"这个词的沉重分量。

这家医院的外观,有点像我第一次见的女医生所在的心身医学科。高一时的我还没意识到自己生病了,是妈妈拉着我的手进了医院大门。

恰恰因为和当时一样站在心身医学科门前，我才清楚地明白，我的心境已今非昔比。不再是莫名其妙地被食物折腾得浑身发抖还往嘴里塞食物的时候，也不再是被如怪物般的饥渴感唆使着几乎每天都暴食的状态。

十一年来，我饱受进食障碍的折磨，同时不断重新审视自己。即便没有了黑田医生这样的引路人，我应该也能自我引导了。

我现在的问题是难以摆脱自己定下的极端饮食习惯。虽然暴食的冲动一般只在压力大的时候出现，但我一直固执地坚持早餐只喝黑咖啡，午餐喝营养饮料或粉丝汤等低卡路里的食物，晚餐则以蔬菜为主，再吃些点心。厌食症时期我抗拒碳水化合物、肉类、鱼类、加油烹制的菜肴等，现在依然反射性地避开。

<u>这其实是因为我对改变自己定下的饮食习惯感到不安。明明已不再以减肥为目的，但是为了稳定自己的精神状态，我无法停止。</u>

然而，如果我真的改变了，理应能舍弃这种执念。我想凭自己的力量证明我没有必要去医院。

我把介绍信撕碎，扔进了路边的垃圾桶。

从第二天起,我改为每天中午和晚上各一餐。之所以改成一日两餐,是因为我早上起得晚,没时间吃早餐。每餐都保证有鸡蛋、肉类、鱼类等蛋白质。我不再限制调料的使用,做菜也开始放油。

刚改变饮食习惯那阵子,我非常担心自己的暴食行为加重,或者厌食症复发。但是大约过了一周,自身感觉变化带来的喜悦超过了不安。我的身体变得温暖、轻盈,注意力也比以前更加集中。

黑田医生说的"吃着吃着就会有变化"真的应验了。我现在发自内心地认可,人类是由吃下去的食物构成的。

尽管偶尔还会因为压力暴食,但我始终坚持改善后的饮食习惯。

*　*　*

随着饮食习惯改善,我的头脑更加清醒,身体也达到近几年来的最佳状态。

我认真思考自己今后想要怎样生活。

我曾经想再次感受忘却时间的兴奋,于是像夏子一样把成为艺术家当作目标。然而不知不觉间,追随夏子这件事本身成为了目的。

我执着于创作，是因为渴望品味内心深处产生的冲动。或许，只要能尝到冲动的滋味，用什么表达形式都可以。

在接触当代艺术的这四年里，我明白了存在本身就是表达。在逛画廊的时候，我也意识到，就算不是作品的创作者，也可能体味到冲动。

<u>我想试试看自己能做成什么。我要跟随好奇心的驱使，大胆尝试各种可能。</u>

<u>我不再追随夏子了。</u>

首先，我决定挑战艺术现场运营方面的工作。我向画廊老板申请，希望能观摩学习画廊运营人员的工作，协助他们筹备展览。由于经济原因，我无法辞去公司职务，所以只能利用下班后和休息日的时间参加。

接着我又当了一个艺术活动团体的辅助人员，参加与福利机构、医院、灾区、性别歧视等社会课题相关的艺术活动。

有赖于这份工作，我和活跃在海外的艺术家一起走访了一家养老机构。在这次活动中，艺术家们预计与入驻机构的老人进行为期数月的交流，基于交流经历创作作品并举办展览会。

当地有被歧视的历史，居民对无关人等踏上这片土地表现出抗拒。艺术家们花了很长时间坚持与机构里的老人对话交流，他们才开始一点点讲述自己的故事。

展览会当天，一名老人看到展出的作品后哭了出来。他为了生存下去，从小就在这个地区工作。他蜷缩在轮椅上，哭着说自己的人生能成为艺术作品，他感到光荣、开心。

我们每个人都有各自的过去，由此形成的价值观微妙又顽固。想要完全理解另一个人是不可能的，这种想法很傲慢。各人不同的价值观永远无法完全统一。
<u>但是即便如此，仍试图彼此靠近的两个人之间的窄缝里，会诞生新的世界。在这个世界里确实能得到拯救。</u>

* * *

大学毕业后，我遇到了许多人。他们每个人都有自己珍视的信念，一边对自己的某方面失望，一边又从日常琐事中感到幸福而生活下去。

想起他们的时候，我就想象被海水冲上岸来的玻璃碎片。每一片玻璃碎片，颜色和形状都各不相同。它们晶莹剔透，摸一摸边缘，或圆润，或尖锐，有些地方还留有划痕、失去了光泽。发现这些碎片时，我心中有无尽欢喜。

为了将这些碎片留在心里，我在心中构建了一个白色立方体。正中间放置自己的价值观，周围则摆放着五彩斑斓的玻璃碎片。我不刻意排列顺序，只是留出一点空隙，小心翼翼地摆放，以免它们相互碰撞而破碎。

觉得自己空虚时，我就拿起一块碎片，对着光端详。透过玻璃看景色，司空见惯的一切都会变色，轮廓扭曲变形，变成完全不同的世界。

<u>如果每遇到一个人，就将那人重视的价值观放入自己的内心，自己便也能感受其价值。不断重复这个过程，我们就会感受到世界上更多事物的价值。</u>

现实是残酷的，在多数情况下，我们得不到自己渴望的东西。但如果只是为此绝望，什么也改变不了。人不应着眼于获取什么东西，而要通过改变自己来改变世界。因此，无论今天的自己多么不堪，明天我也要活下去。

我们的心灵和身体都是不完美的、笨拙的。人类通过眼睛、耳朵和皮肤所能感知的事物终究是有限的。人只看到自己想看的东西，因此会遗漏很多。然而，<u>遗漏的东西多，意味着世界上还有很多等待被发现的新事物。</u>

正是因为我们存在缺憾，所以才能多次感受幸福。

<u>我现在，活得非常快乐。</u>

<u>不知从何时开始，我自然而然地不再暴食，甚至都想不</u>

起这回事了。

现在我固定一日两餐,对吃肉类、鱼类等蛋白质以及放油的菜肴也不再抵触。我也喜欢和别人一起吃饭,虽然频率仍较低,但只是性格使然。

生理期时我莫名想吃甜食,有时会吃多。但我可以断言这和暴食完全不同。

首先是吃东西时的感觉不一样。我没有暴食时那种怎么吃都不满足的饥渴感。只要吃了很多,肚子饱饱的,我就会自己停止进食。而且,生理期吃得多,并没有除了"吃"这个行为之外的意义。

对于曾患进食障碍的我来说,进食有比"吃"这个行为更特别的意义。<u>厌食和贪食,都是为了满足某种重要需求而采取的补偿行为。</u>因此,我担心补偿行为受到阻碍而变得不安,整天都在想关于食物的事情。为了坚守对食物的执念,我牺牲了自己的时间、金钱、社会关系,乃至生命健康。

<u>我想要满足的,一定是自孩提时代开始就感受到的空虚。</u>

我曾不断告诉自己,我是比周围人低劣的生物,但内心深处却无比渴望有人说我是个有价值的人。我被面对姐姐和朋友的自卑吞噬,为了不惹别人不高兴,不被人嘲笑,我总是强迫自己妥协和忍耐。

就像绳结会因为自重越坠越紧,我忍耐的边界也在不断扩大。我一味地证明自己的容貌、体形，还有自己整个人，都不如别人。然后在那个夏日，彻底陷入满足的错觉。

<u>我一直，一直在等待谁能赋予我期望的"完美形象"。</u>我张开双手乞求，乞求完美形象留在我心中，保护自己免受伤害，还有温柔的话语降临。

我对家人没有主动和我聊厌食症感到不满，可能也是出于这个原因。家人给予我的爱，不是我所渴求的形式。

他人的爱注定是在某个地方多一点，在某个地方少一点。不可能有人分毫不差地给予我们所期待的爱，家人也不例外。

过去的我，或许出于血缘上的依赖，总是指望家人能主动走近我。或许在我内心深处，一直认为家人的主动作为是他们关心我的证明。

厌食症的记忆确实是痛苦难熬的。但更重要的是，与黑田医生和北三病区的患者们相遇的感受是无可替代的珍贵回忆，是他们最先打开了我紧闭的心门。因此，当那段经历被当作不存在之物来对待，我失去用语言表达它的机会，就好像是在说我自己的一部分毫无价值，徒留悲伤。

然而，得了进食障碍的这十几年，我亲身感受到了各种价值，包括他人的存在、作为行为痕迹的作品、人活一生的时间流逝等。当我花了很长时间切身感受到所有现象都有其价值的时候，我才发自内心地意识到自己也是有价值的。

价值不是求得别人的认可。存在本身就有价值。而存在是通过认识确立的。只要我好好将珍贵的记忆铭记在心，即使不被他人承认，即使遭人嘲笑，其价值也不会被玷污。

我不会再寻找那个"理解我价值的人"。无论是厌食症还是暴食的过往，等我何时调整好心态，主动告诉家人便可。

遇到夏子后，我对她充满憧憬，想和她站在一处，于是没头没脑地奔跑。虽然我没有从他人和社会那里获得过一句认可，但是遇到的人们说过的许多话，教会了我如何生活。

<u>自己内心的空白，唯有自己才能填补。</u>听起来悲伤，但事实就是如此。一直封闭在进食障碍的世界里是找不到幸福的。只有从自己的世界迈出一步，亲自去寻找才行，即便会害怕、会受伤。

<u>我不再靠吃东西来填满内心。因为我找到了比那好得多的方式。</u>

时隔许久，我去见了夏子。夏子得到一位收藏家赏识，靠画作收获了一定的收入。她所在的共享工作室宽宽敞敞，设备齐全。

我对夏子说："我不再想成为艺术家了。"夏子问："你要放弃吗?"我不知道那一刻夏子是沮丧,是认同,还是没有任何想法。

"那你要一直当公司职员生活了吗?"

"我打算一边继续工作,一边尝试挑战我感兴趣的事情。"

"你之前说对很多事情都有兴趣,具体想做什么呢?"

夏子的声音里没有责备的意味,只是单纯地好奇。

我想起了那位设计师无趣的表情,在心里以眼神回敬他的目光。

"我也不清楚。所以今后我也会不断尝试。我做的事情看起来七零八碎,周围的人大概只觉得我在迷茫徘徊。我自己也会感到不安。但我觉得我做事的根源始终没有改变。尽管方法不同,但都是贯通的。我所追求的东西没有变。"

夏子微微歪头。我觉得有趣,不禁笑了。

专栏 | 如何克服进食障碍

从我自身的经历来看,进食障碍与患者的性格关系密切。参考文献中也有很多关于进食障碍和患者性格倾向的论述,其中有两点与我的情况极为契合。

第一是<u>完美主义</u>。完美主义与非黑即白、"不是满分就是零分"的极端思维紧密相关。

过去我倾向于<u>只从"要么正确要么错误"这两个选项来思考事物。我觉得只要失败一次,之前所有的努力就都化为泡影</u>,所以在厌食症时期,我严格控制饮食,一日都不松懈。相反,在贪食症阶段,只要吃了一口甜食,我就觉得一切都无关紧要了,于是放纵自己的欲望大吃特吃。

第二是察言观色的性格。深井善光在《进食障碍——身体代为承受的心灵之痛》一书中提到,"<u>在父母开口之前,孩子就主动做出父母期望的行为</u>"。这在我身上体现得淋漓尽致。

父母从未要求我"努力学习",去参加高考补习班是我主动对父母提出想去的;和朋友想要同一件东西时,我选择谦让;对于与自己不相称的东西,我选择放弃。<u>比起"想做的</u>

事",我总是优先去做"应该做的事"。

这两种性格倾向的根源在于自己缺少内核。因为对自己的判断缺乏自信,所以必须选择正确答案才肯放心,总是遵循他人的期望或者他人口中正确的事。

可能正是因此,我才依附于这个世界上大多数人口中正确的事——瘦。世人都说瘦的人自律,胖的人懒惰;瘦的人美丽,胖的人丑陋。只要遵循大众的声音瘦下来,我就能相信"自己是正确的"。

该书还对进食障碍作了以下论断。

> 这种疾病是"内心深处面对问题无能为力的困窘"转变成了对饮食和体形的执念,进而引发饮食习惯的异常和身体不适。
>
> (深井 2018,第 12 页)

在患上进食障碍之前,我们就已经深感活着万分不易。为了寻找生存之道而选择减肥,没料到终将自己的生命和心灵置于危险之中。

此外,临床心理师安妮塔·约翰斯顿在著作《揭开进食障碍之谜的精彩故事——如何克服失调的进食行为》中有这样一 v 句话。

> 食物是一种工具,能传达那些难以用语言直接表达

的思考和情绪。

(约翰斯顿2016,第57页)

我一直认为,多亏了第五章记录的经历,自己才克服了进食障碍,但我没有自信说那些与"吃"无关的难题当真克服了。然而当我读到这句话时,我感觉自己过往的人生经历都串联了起来。通过各种各样的经历,我学会了如何表达自我。

如果你用食物一词表达自我时遇到困阻,不妨掌握一些其他的词。如果依然不合适,就再寻找其他词。久而久之,你就能运用更丰富的词汇来表达。

现在我可以自信地说,这就是我得以从进食障碍中恢复的原因。

参考文献:
《进食障碍——身体代为承受的心灵之痛》 [日]深井善光/著
《揭开进食障碍之谜的精彩故事——如何克服失调的进食行为》[美]安妮塔·约翰斯顿,[日]井口萌娜/译
《战胜贪食症:贪食症的成因解读与克服计划》 [英]克里斯托弗·G.费尔本/著,[日]永田利彦/翻译校对,[日]藤本麻起子、江城望/译
《儿童进食障碍的实证研究》 [日]稻沼邦夫/著
《厌食症、贪食症的人际心理治疗》 [日]水岛广子/著

后记

我现在三十多岁了。

下定决心撰写这本书，需要莫大的勇气。因为我非常不安。我担心将自己的过往以纪实文学的形式呈现出来，会伤害到与之相关的重要之人，也担心回想起当时的记忆，进食障碍的症状将卷土重来。

决定动笔之后，我心里就像有了一块沉重的疙瘩，难以名状的不安如影随形。不安与压力致使我食欲不振，写作时常常泪流满面，无数次一边哭泣一边敲键盘。没有发疯属实不可思议。

不过，在写作的过程中，我越发觉得进食障碍再次找上门的可能性微乎其微。我为了回忆过去反刍自己的感觉，但无论怎么回味，我依然笃定能满足我的另有他物，从未动摇。

写作期间，我第一次与家人探讨了进食障碍的话题。家人理解了我的心情。在详细问他们当时的情况时，我也了解了之前不知道的事。我在高一首次就诊遇到的那位女医生的原型曾说我患上进食障碍是不是因为妈妈的教育方式有问题，妈妈闻言非常自责。或许正因如此，妈妈才一直回避进食障碍这个话题。

我极其讨厌总是看人脸色行事的自己。就算我尝试接纳真实的自己，可自己的容貌和性格都那么糟糕，怎么可能无条件接受这样的自己呢？我想只有放弃。

于是，我拼命努力，只为接近世人赞许的"理想形态"。对我来说这个理想形态就是"瘦"。这与有些人执着于在社交平台上吸引众多粉丝，或是热衷于穿让朋友羡慕的流行衣服的心态如出一辙。

抱有理想并非坏事，可一旦从根本上认为"如果不实现理想、克服缺点，自己就毫无价值"，那就危险了。就算走运达成了"理想"，收获了他人的赞赏，愉悦也必定转瞬即逝。紧接着就会滋生新的自卑，然后追逐更高的理想，就像曾经瘦到濒临死亡的我那样。

想要摆脱自卑与渴望被认可的循环，必须改变自己。<u>多与想法和背景不同于自己的人交流，拓宽价值观</u>。如果像高中时的我一样价值观狭隘，就很容易执着于"只有实现这个理想，才能拯救自己"。但倘若我们多去感受事物的美好，拓宽价值观，就会发现原来自己视之为整个世界的"理想"甚至是那么渺小。

像这样从自己的世界迈出一步之后，请思考自己从中感受到了什么。他人的意见无关紧要。当我们能运用在外界获得的经历与情感，挖掘内心的想法，<u>重新建立起自己的内核时，就会留意到曾经受他人意见左右而忽略掉的身边的珍贵事物。</u>

我们已经拥有了很多美好，所欠缺的，仅仅是发现美好的视角。

如今回想起来，我甚至觉得，我患上进食障碍是为了保住性命。即便如此，我也不能轻描淡写地说得了进食障碍是件好事。进食障碍的记忆满是痛苦，被病魔纠缠而失去的时间也一去不复返。<u>痛苦不会遗忘，只会换一种形式存在。</u>从进食障碍中恢复过来的这段经历，如今是支撑我最大的自信来源。

即便痛苦不会消失，只要它改变了存在形式，就会成为你的一部分，赋予你继续前行的勇气。

中学时，我就算渴望他人的关注也开不了口，只能寄希望于变瘦。我现在依旧拙笨,偶尔也感到不安。但是我不再需要依赖食物,也能用语言、用身体、用生存下去这件事去吸引他人。就算无人回应,我也能面带微笑地走下去。

图书在版编目（CIP）数据

对不起，我不是故意失控 /（日）道木美晴著；刘牧原译 . -- 北京：北京联合出版公司，2025.8.
ISBN 978-7-5596-8320-5

Ⅰ．I313.55

中国国家版本馆 CIP 数据核字第 202549FV04 号

Original Japanese title: NAMIDA WO TABETE IKITAHIBI SESSHOKU SHOGAI
– Taiju 28.4kg kara no Seikan
© 2023 Miharu Michiki c/o The Appleseed Agency Ltd., 2023
Illustrations © Machiko Kyo
Original Japanese edition published by Futami Shobo Publishing Co., Ltd..
Simplified Chinese translation rights arranged with Futami Shobo Publishing Co., Ltd.
through The English Agency (Japan) Ltd. and CA-LINK International LLC

北京市版权局著作权合同登记号　图字：01-2025-2600 号

对不起，我不是故意失控

作　　者：[日]道木美晴
译　　者：刘牧原
出 品 人：赵红仕
策划监制：王晨曦
责任编辑：李　伟
特约编辑：李　晴
美术编辑：陈雪莲
插图绘制：即梦 AI
营销支持：风不动

北京联合出版公司出版
（北京市西城区德外大街 83 号楼 9 层　100088）
北京联合天畅文化传播公司发行
上海盛通时代印刷有限公司印刷　新华书店经销
字数 148 千字　889 毫米 ×1092 毫米　1/32　8.5 印张
2025 年 8 月第 1 版　2025 年 8 月第 1 次印刷
ISBN 978-7-5596-8320-5
定价：59.00 元

版权所有，侵权必究
未经书面许可，不得以任何方式转载、复制、翻印本书部分或全部内容。
本书若有质量问题，请与本公司图书销售中心联系调换。
电话：010 - 64258472 - 800